警視庁魔獣対策室

狼刑事と目覚めの賢者

ヨシビロコウ

角川文庫
23666

目次

警視庁魔獣対策室　登場人物紹介

サジュエル・L・ロッシュ

伝説の勇者の
パーティーにいた大賢者。
魔王復活に備え
眠りについていたが……。

神島仁悟

かみしま・じんご

「獣対」の捜査官。
満月の夜には
不死身の力を発揮する
〈狼男（ライカンスロープ）〉。

警視庁魔獣対策室とは?

科学が発達した現代でも、今なお起こる魔獣や魔法関係の事件に特化した、専門の捜査室のこと。略して「獣対」と呼ばれる。

イラスト／巖本英利

かつて剣と魔法の時代があった。世界には人間の他にもエルフやドワーフといった亜人たちと、彼らの安寧を脅かす魔王が存在していた。

しかしあるとき、王命を受けて一人の男が立ち上がった。男の名はライザス・ルーゼシオン。彼は亜人の仲間たちとともに数多の戦いと数奇な冒険をくぐり抜け、ついには魔王を打ち破ったのだった。そして人々は彼を勇者と称え、世界は歓喜と感謝の声で満ち溢れた。

だがそんな中、仲間の内で一人だけ浮かぬ顔をする者がいた。エルフ族随一の大魔法使いであり、賢者の名を冠する男である。

男は知っていたのだ。たとえ魔王の肉体を一時滅ぼせたとしても、その魂は永遠に不滅であることを。いつの日かそれは甦り、世界には再び暗黒の時代が訪れることを。

彼は来るべき魔王再臨に備えて自らに魔法をかけ、誰に知られることもないまま、ひっそりと己の身体を冷たい木棺の中に封印することにした。

それは遥かな眠りの旅――常人には想像もつかぬほど長い、いくつもの時代を越える悠久の旅路だった。

やがて時は流れ、勇者らによる魔王討伐から700年後の未来。

武器としての剣は銃やミサイルへと置き換わり、叡知の象徴だった魔法が科学へとその座を譲り渡した時代。

人口の大多数を占める人間と少数民族である亜人とが共存する日本では、近年廃れていたはずの魔法による犯罪や、かつてモンスターと呼ばれていた魔獣による被害が増加し始めていた。

そこで東京都警視庁はそれらの事犯に対応するため、刑事部の捜査第六課（通称：魔法課）内に、魔獣の捕獲・駆除に特化した専門の捜査室──『警視庁魔獣対策室』を設立した。

第一章

まだ冷たい春の風が霊園の木々を撫で揺らし、片隅の無縁仏に今しがた供えられたばかりの花束から、青い花弁を一片攫っていった。墓前で手を合わせていた男はふとそれを見上げ、しばしその舞いゆく先を見つめていた。

横の髪を刈り上げたバーバースタイルの黒髪にチャコールグレーのスーツと革靴。このような場所であれば遠目には喪服と見間違えられそうなものだが、具に見ればそうではないと気付く。スーツにせよ革靴にせよ、その表面には小さな傷跡や皺が数多く見て取れて、それが彼の仕事着なのだと分かるのだ。

ヒラヒラと流されていった花弁がやがて勢いを失い地面に落下すると、男は再び墓石に視線を戻した。

「あんまり来れなくてごめんな。……でもまた来るよ」

男が申し訳なさそうな顔で躊躇いがちに笑うと、綻んだ口元に白い牙が――犬歯と呼ぶには鋭すぎる獣の牙が覗いた。

男はもう一度手を合わせてから静かにその場を去り、近くに停めていた銀色のセダンに乗り込む。シートベルトを締めてエンジンをかけ、ルームミラーを覗くと、そこには宝石のように赤い瞳をした20代後半の青年の顔があった。彼は胸のポケットから取り出した薄茶色のサングラスでそれを隠す。

　自分が亜人であることを恥じているわけではないが、そうしておいた方が仕事でも日常生活においてでも何かと都合がいいのだ。

『――続いて関東のお天気です。東京は曇りのち晴れ。午前中は雲が多いため気温も穏やかですが、午後になると晴れ間が広がり、日射しとともに火属性が活発となるでしょう。宇都宮と前橋は――』

　ラジオを聞き流しながら車を走らせ始めると、それを待っていたかのように携帯電話がポンポロと鳴り響いた――『着信　楢橋ヲーレン』。

　男はカーナビの画面に映ったその名前を見るなり眉をひそめ、ステアリング横のドライブ通話のボタンを押す。

「はい、神島です」

『おう俺だ、楢橋だ。今どこにいる？』

「青山です。事件ですか？」

『ああ殺人だ。俺も今現場に向かってるが、お前もすぐに来い。住所はメールで送る』

「マジですか……了解しました、急行します」

　通話を切った神島仁悟はうんざりしたように息を吐く。彼の重たい溜め息とは対照的に、スピーカーからはラジオパーソナリティの軽快な声が流れてくる。

『――さて今日のラッキー種族占い！　1位はエルフのあなた！　おめでとうございま

ぁす！　そして最下位は……狼男！　ライカンスロープのあなたでしたぁ～残念！』

仁悟は不満げな顔でボリュームを少し下げて、アクセルを少し強めに踏み込んだ。

＊

霧めく早朝の街。駐車場の一角に張られたブルーシートのテントと、無音の回転灯を点けた数台のパトカー。パイロンと黄色いビニールテープで仕切られた規制線の前には、地域課の警官が門番よろしく仁王立ちをしていた。

青いブルゾンを着た鑑識係が黙々と動き回るのを横目に、神島仁悟はその規制線の外側からブルーシートに向かって声を張った。

「ナラさーん、いますー？」

しばらく返答を待っても反応は無く、仁悟は傍にいた警官に話しかける。

「なあアンタ、悪いけどこのテープ剝がしてくれないか」

しかし薄色のサングラスにスーツ姿の彼を一目見るなり、警官は訝しむように眉をひそめた。首を横に振り、それどころか徐に歩み寄ってきて逆に彼を問い詰めてきた。

「は？　身分証？　いやいや俺は刑事だって。ほら――」

仁悟は文句を言いながらジャケットの裾をずらし、ベルトに通した警察徽章を見せた。

面倒なこのやり取りはしかし彼にとって日常茶飯事であり、仁悟はうんざりした様子で溜め息を吐いた。するとそんな問答の声を聞きつけたのか、ブルーシートの囲いが捲れ上がり男が顔を出した。

赤毛の角刈りに四角い顔。低身長ながら巌の如くがっしりとした体格は、ドワーフと呼ばれる亜人種共通の特徴だった。そして規制線の中であれば、灰色のスーツにロングコートという恰好は正しく刑事の証でもある。

「おう、来たか神島。なに突っ立ってんだそんなとこで。早く入ってこい」

魔獣対策室長、楢橋ヲーレンはそう言って仁悟を手でまねいた。

「そう言われたってナラさん、結界があったんじゃ俺は入れませんよ」

仁悟が嫌そうな顔で睨んでみせたのは現場を隔てている黄色いテープだった。それには『立入禁止』という文字の他に、縦長でアルファベットに似た記号のようなもの――ルーン文字が書き連ねられている。

ヲーレンは「おう、すまんな」とそのテープを剝がして仁悟を中に招き入れる。すぐにそれが貼り直されるのを見つめながら、仁悟は不満そうに鼻を鳴らした。

「すみませんね。っつーかいい加減、俺も普通の人間扱いしてもらえないもんですか。現場に入れない刑事なんて所轄のいい笑いもんだ」

「無理言うんじゃねえよ。ただでさえ亜人の権利に関しちゃ世間が敏感なんだ」

「そういうの、いちいち騒ぎ過ぎなんじゃないかと思いますがね」

「怖いんだろうよ、人間様から見た亜人ってやつはな。人口で圧倒してるおかげで人間中心の社会になっちゃあいるが、一個の生物として見りゃ太刀打ちできるモンじゃねえからな。それが狼男の眷属ともなれば尚更だ」

「かもしれませんけどね、エルフは別口っていうのが腹立ちますよ」

「仕方ねえだろ。どこの国だって政治家や官僚の半分近くがエルフなんだ。だが亜人法なんて法律がある分、日本はまだマシなほうなんだぜ。それに臆病で排他的ってのは、生物の在り方としちゃ正しい」

「そりゃそうですが。住みにくいことに変わりはないです」

小さく文句を吐き捨てて、仁悟はブルーシートを捲る。四畳半ほどの青い狭小空間には、湿気と混じって血の臭いが充満していた。中にいた鑑識官に、

「ごくろーさまです。——ああ酷いな、こりゃ」

そう言ってから顔をしかめた仁悟の前には、仰向けに倒れた女性の遺体。OLと思しき彼女の顔は苦悶に歪んでいた。

目を見開き、口からは大量の吐血の跡。緩やかなワンピースとその上のジャケットが無造作に切り開かれ、シャツや下着ごと下腹部周辺が無くなっている。傍らのトートバッグには人間のものとは思えない鋭い引っ掻き傷があり、その周りに書類や化粧ポーチが散乱していた。

「どうだ、神島。お前の見立ては？」

ヲーレンにそう問われた仁悟は屈み込んで、その凄惨極まりない光景を眺めつつ溜め

息交じりに応える。

「見立てもなにも。獣対が呼ばれたってのはそういうことでしょう？　こりゃどう見ても魔獣の仕業だ」

「……だろうな。臭いから何か分かるか？」

「微妙ですね、被害者の香水が強過ぎて……イランイランかな。でもまあ臭いが薄いってことは、少なくとも昨夜の雨よりは前の犯行ってことになる。防犯カメラの映像は？」

「ここは昔からある月極駐車場で、そういう類のものは付けてねえんだそうだ。目撃者も今のところは無しだ。だが――」

　バッグに付けられた傷をヲーレンが顎で示すと、仁悟は小さく頷いた。

「爪痕が並行に3本か……。ゴブリンですかね」

「多分な。だがそれにしちゃあ間隔が広い。手がデカ過ぎるんだ」

「被害者の怪我は腹だけですか？」

「ああ、他に怪我は見当たらないそうだ。妙だろ？」

「ええ。ゴブリンってのは『欲の象徴』とされるぐらい強欲な魔獣です。中でも食欲と性欲に関しちゃ人間以上。女を襲うならまず犯す。でもこの犯人は……遺体の損壊状況から見て、そういうのに興味が無さそうだ。むしろ被害者を単なる食糧としてしか見てない感じがする」

「うむ、俺も同意見だ。とりあえずは検視を待つしかなさそうだな」

これ以上は見当もつかないといった様子で、ヲーレンと仁悟は揃って唸った。

＊

オフィス街の真ん中にある建設現場で、太く甲高い鉄の音が晴れ渡る空に向かって響いている。

あちらこちらで作業員が声を掛け合い仕事をしている中、ボーリング重機で掘られた穴の底で若い作業員がひと際大きな声を上げた。

「班長！　なんか出てきましたー！」

彼の足元には、古い木製の柩のような物が垣間見える。するといかにも親方然としたドワーフの班長が上から覗き込み、首を傾げた。

「なんだあ、そりゃあ？」

「箱みたいですけど、どうしますー？　深さ足りてるんで、埋めちまいましょうかあ？」

作業員の非常識な提案に班長は「馬鹿いうな」と返した後、しばらく考えてから周りに指示を出す。

「お前らぁ！　手ぇ止めて、とりあえず先にそっち掘り出せ！」

急遽始まった発掘作業は順調に進み、やがてワイヤーで固定された柩がゆっくりとクレーンで引き上げられると、他の場所で作業していた者たちも物珍しさに集まってきた。

「何ですかね、これ」

「知らん。棺桶みたいに見えるが」

「まさか死体が入ってるんじゃ……」

「それならそれで警察に通報すりゃいいだけだ。お前ちょっと開けてみろ」

若い作業員は降ろされた柩のワイヤーを解き、蓋を動かそうと踏ん張った。

「あれ……っ、重てえな――」

しかし一人の力ではビクともせず、恰幅の良い男が数人でよってたかって、バールまで持ち出して開封を試みるも、その蓋は一向に開く気配がなかった。だがそうこうしているうちに表面にこびりついていた土が徐々に剝がれて、蓋や側面に彫られていた文字と紋様が顔を出した。

「んだこれ？　魔法陣――？」

「みたいに見えるが。……随分古いやつだな」

「スゲえ、班長ってルーン文字読めるんですか？」

「なわけねえだろ。中卒だぞ、俺は」

そんなやり取りの間に、その文字が淡い光を放ち始める。そして携帯のヴァイブレーションの如く棺が小刻みに震えたかと思うと、勢いよく蓋が吹き飛んだ。

「うおっ!!」

分厚い木の蓋は数メートルも飛び、地面に激しく叩きつけられて粉々に砕け散った。

そしてその軌道を目で追っていた一同の後ろで、柩の縁に内側からゆっくりと手が掛けられる。徐(おもむろ)に起き上がった人影は、落ち着いたふうでじっくりと辺りを見回しながら言った。

「……どこだここは。いやそれよりも、いつかが問題か」

その声に振り向いた作業員らは呆気(あっけ)にとられた。蓋が弾(はじ)け飛んだことも、長らく地中に埋もれていたらしき箱から人が出てきたことも驚きだったが、それよりも何よりも、声の主である青年が並外れて美しかったからである。

凛々(りり)しさと艶(なま)めかしさ。あるいは淑(しと)やかさと雄々しさ。男性的な魅力と女性的な魅力を最大限に保ったままそれらを両立させたような、幻想的な美貌(びぼう)の人がそこにあった。

「な……なんだ、アンタ……」

問いかけようにも思わず息を呑(の)んでしまい、言葉に詰まるドワーフの班長。そんな彼に向かって、棺の男は平然とした様子で淀(よど)みなく応えた。

「失礼だな。まず君が名乗れ」

そして軽やかに棺を飛び出し、緑色のローブに付いていた埃(ほこり)を払う。

「――と普段なら窘(たしな)めるところだが、教えておこう。僕の名前はサジュエル・L・ロッシュ。アールヴの賢者にして魔王を滅せんとする者だ。覚えておきたまえ」

「は？　あ、あーるぶの……賢者？　エルフじゃないのか？」

「アールヴだと言ったぞ。見たところ君はドワーフか。なんだその兜(かぶと)は？　随分と目立つ色だな」

「兜……？ ヘルメットのことか？」

「そんなもので剣を防げるとは到底思えないが、まあいい。それよりも魔王はどうなっている？ 復活したのかね？ 勇者と聖剣は？」

目を丸くしているドワーフにサジュエルが矢継ぎ早に訊く。しかし自分で問い掛けておきながら彼は、返答できずに固まっているドワーフに手の平を向けて制した。

「いや、やっぱりいい。君たちのその間抜けで腑抜けた顔を見る限り、まだ復活はしていないようだ。ならば間に合うな。やはり僕が来て正解だったというわけだ」

サジュエルはそう言って自分だけ納得すると、ローブの裾をひるがえして早々にその場を後にする。堂々と立ち去る彼の後ろで、作業員たちはずっと呆気にとられたままだった。

＊

「驚いた。想像以上に文明が発展している――」

行き交う人々で賑わう街中を、建ち並ぶビルや街頭ビジョンを見回しながら、歩くサジュエルはそう呟いた。

「建物がどれもちょっとした城のようじゃないか。……あれはなんだ？ 四角い水晶板のように見えるが、遠隔魔法で視たものを映し出しているのか？　それに皆が持っているあの小さな石板はなんだ？　耳に当てたり指でなぞったりしているが――」

平日の昼間だったのでサラリーマンが多く、その大半がスマートフォンやタブレットを扱いながら歩いている。多くが人間であるものの、中にはドワーフやエルフ、またバステスという猫の耳と尾を持つ亜人も混ざっていた。

「変化しているのは建物だけではないな。各種族がそれぞれの文化圏を越えて共同で社会を形成しているとは。ライザスがいた時代に比べると、相互理解や尊重の精神が根付いているということか」

しかしいずれにせよ、少なくとも服装については、サジュエルのようないかにも魔法使い然としたローブをまとっている者などどこにも見当たらない。

「鎧(よろい)を着ている者はいないのか。さっきのドワーフが被(かぶ)っていた妙な兜も頑丈そうには見えなかった。つまり防御魔法が極めて発達しているか、そもそも防具で身を固めるほどの危険がない、ということだな。街の雰囲気からすれば後者か」

そんなふうに好奇心と自問自答でぶつくさと独り言を溢(こぼ)しながら歩く彼に対し、逆に街ゆく人々からも好奇の視線が刺さる。

裾がくるぶしまであるような丈長のローブは当然誰から見ても異様だったし、それに彼はかなり背が高かった。履物の厚みを差し引いても１９０センチ近い。つまり容姿が極めて端麗であるという最大の特徴を抜きにしても、彼はよく目立つのだった。

「ふむ。やはりこの服装は馴染まないか。だがまあいい。それよりも今は――」

言いながら、周りから向けられる奇異の目などさして気にも留めない様子で、サジュエルが赤信号の交差点を渡ろうとした時だった。

果たしてスピードを緩めることなく真横から1台のトラックが突っ込んできた。運転手が気付くもブレーキは間に合わず、トラックはそのまま巨大な質量兵器となって彼を跳ね飛ばす――かに思われた。しかし、

「なんだ、止まれないのか」

一瞥をくれたサジュエルの数十センチ手前で、トラックは視えない壁に激突した。壁面に沿って拡がった透明の波紋が一瞬だけ魔法陣を浮かび上がらせる。それと同時にサジュエル以外の時間の流れが急激に遅くなってゆく。

トラックのフロント部分がゆっくりと、メキメキとひしゃげて、一斉に砕け散ったガラスが粉雪のように輝き、車体から溢れ出た部品が左右に弾けていく――。

サジュエルの眼にはそれら全てがスローモーションのように映っていた。

「……なるほど。登場は予想していたが、馬の無い馬車とはこのような構造か。ほとんど魔法が使われていないというのは意外だ。しかし理解はできた」

ゆっくりと流れる時間の中でひとつひとつの部品をつぶさに観察していたサジュエルが、そう評しながら指をパチンと鳴らすと、巨大な魔法陣が車と彼の間に現れた。魔法陣はグルグルとまわりながら、スキャナーよろしくトラックの前方から後方へと通過し

ていき、その進行に合わせて車体はみるみるうちに復元されていった。

「だが止まれないなら安全性には難有り、だな」

トラックが完全に元通りになり運転手にも怪我が無いことを見て取ると、サジュエルは再び歩き出す。その一歩目と同時に、減速していた時間も通常の速さを取り戻した。

「……？　あれ——？」

トラックの運転手は車が交差点の真ん中で静止していることに気付き、混乱しながら辺りを見回していた。周囲の人間も、サジュエルが轢かれるであろう瞬間を目の当たりにしながらも、ぶつかったと思った直後に車が突然ピタリと静止し、その前を彼が何事も無かったかのように歩いてゆく光景を見て困惑している。

ざわついて一層強まる衆人環視のもと、しかしサジュエルは変わらず平然と交差点を渡ってゆく。しかしそうして彼が歩き始めてしばらくすると、どうやら誰かが呼んだらしい警察官が走ってきて、サジュエルを後ろから呼び止めた。

「すみません、ちょっとよろしいですか。さっきそこの交差点で魔法不正使用の通報がありまして。聴きたいことがありますので、署までご同行を」

＊

六畳程の取調室には、1個の机に向かい合う形で椅子が2脚。部屋の奥側にはサジュエルが脚を組んで座り、手前には若い男性警官が姿勢良く座っている。換気が悪いのかそれとも狭くて殺風景な見た目のせいか、何となくどんよりとした重い空気があった。

「いい加減にしたまえ。僕の名前はサジュエル・L・ロッシュだ」

「……あのね、ロッシュさん。一応そうお呼びしますけどね？　戸籍課にも亜人登録局にも照会しましたけど、そのサジュエルなにがしっていう名前の人は存在しないそうですよ。外国の方ならパスポートぐらい持ってないんですか」

「だから何度も言っただろう。そんな物は持っていない。僕は魔王を再び封印するため悠久の眠りにつき、そして目覚めたばかりなのだ」

「はいはい。それでご職業は？」

「僕は賢者——勇者を導くアールヴの賢者だ」

自信と誇りに満ちたサジュエルの前で、警官は淡々と調書にペンを走らせる。

「……無職、と」

そして彼が一旦ペンを置くのを見てサジュエルが言う。

「職務質問とやらは終わりだな？　では僕は帰らせてもらおう」

すると「ダメに決まってるでしょ」と警官が引き留めた。

「——あのね、分かってます？　今のところあなたから、ちゃんとした情報は何も得られてないんですよ。完全に不審者です。さすがにこれじゃあ帰せませんよ」

聴取に当たっている警官が怒るというより呆れた表情でそう告げると、

「馬鹿なのか君は。情報が得られないというのは君の諜報能力に問題があるせいだ。少なくとも僕は今ここに存在しているし、こうして君と話をしているだろう？」

「だから言葉だけじゃ信じられないって話をしてるんですよ」

「信じられないというならば、嘘を見抜く術を身につけたまえ。それをしない君の怠慢の責を僕に押し付けるな」

サジュエルが迷惑だとでも言いたげにフンと鼻を鳴らすと、警官は深い溜め息を吐き出してから「少し待っていてください」と一言告げて席を立つ。そして自分には手に負えないと判断したのかそのまま部屋を出ていった。

若い警官が廊下に出るとすぐに、濃紺のスーツを着た女性が通りかかった。茶色いショートヘアの前髪をピンでしっかりと留めている。彼女は短時間でどっと疲れた顔の彼を見て声をかけた。

「お疲れ様です、巡査」

「ああ、これは如月刑事。お疲れ様です」

「何かあったんですか？」

彼女は大きくつぶらな瞳で男性警官の顔を覗き込んだ。微かな幼さは感じられるものの美人と謂っても差し支えはない。

「いやあ、さっき『マル魔』の疑いで引いてきたエルフなんですが、どうにも話が嚙み合わないというか」

「マル魔って言うと魔法行使法違反ですよね。何をしたんですか？」

「無認可魔法陣の使用です。なんでも走行中のトラックを魔法陣で止めたとか」

「トラックを――？」

それを聞いた女性は苦笑いをしてみせた。

「あはは、それはないですって巡査。定型記述式――つまり一般的な魔法陣にそこまで強力な効果はありませんから。トラックほどの運動質量を魔法で止めるとなると、一級魔法士が何十人も必要になっちゃいますよ」

「まあそうなんでしょうが、しかし結構な数の目撃者がいるようでして」

「え？　じゃあ幻惑魔法の類だったのかしら？　でもそれなら車には直接作用しないはずだし……、まさか特殊変型記述式――？」

彼女は少し首を傾げて考え込むと、

「そのエルフの方はまだ署内に？」

「いますよ。そこの端の取調室です。まだ聴取中ですが、あの様子じゃあ当分は終わりそうにありませんね、ははは……」

苦笑して頭を掻いてみせる警官に、女性刑事は何かを思い立ったようにいきなり顔を近付ける。

「じゃあ私が引き継いでもいいですか？」

　キラキラ光る瞳に迫られて、男性警官は思わず頰を赤く染めつつ顎（あご）を引いた。

「あ、いや、そのっ……、自分は構いませんが、如月刑事は別件があるんじゃ――」

「大丈夫です！　それに魔法なら私の得意分野ですので！」

「そ、そうですか。じゃあ……お願いします」

「ありがとうございます！」

　女性刑事は彼の横を抜けて威勢よくドアを開けると、一旦足を止めて振り返り、

「巡査。あとで引継書、お願いしますね」

　笑顔で付け足してからドアを閉めた。

「なんだ、この時代にも魔法使いがいるんじゃないか」

　取調室に入るなり先に声をかけたのはサジュエルのほうだった。彼に突如そう言われて女性刑事は目を丸くした。

「君なら少しは話が通じそうだ。名前は？」

「あ、私は……警視庁捜査六課、魔獣対策室の如月依吹（いぶき）であります」

「それは本名かね？」

「え？　勿論（もちろん）そうですけど……」

　サジュエルのごく自然に横柄な態度に気圧（けお）されて、依吹は思わず畏（かしこ）まって敬礼をしてしまった。直後に立場が逆であることに気が付いて、軽く咳払（せきばら）いをしてから椅子に座り、

「え、えーっと、それじゃあ聴取を始めますね――」

先程の警官から受け取った書きかけの調書にざっと目を通す。

「お名前はサジュエル・L・ロッシュさん、でしたよね？　日本語お上手ですね」

「日本語？　それが君らの言語か。だが生憎、僕が話しているのはアールヴ語だ。発声時に魔法で翻訳しているから、君には僕が普通に話しているように感じるだろうが」

「え？　魔法で翻訳って、リアルタイムでそんなこと――」

「そう、そんなことだ。その程度のことは賢者であればできて当然だ」

「賢者？　そういえばあなたは、ご自分を『アールヴの賢者』と名乗られたそうですね。このアールヴというのはエルフの古語表現だと思いますが、賢者というのは？　単純に頭脳明晰の謳い文句ですか？」

「まあ頭脳明晰というのはその通りだ。少なくとも僕が比類なき稀代の天才であるということは間違いない」

「は、はあ……。凄い自信ですね……」

「だが種族に関しては違うな。アールヴというのはエルフの始祖のことだ」

「始祖？」と依吹は小首を傾げながらもメモを取り、

「そういえばさっき私が入ってきたとき、何故すぐに私が魔法技能士だと？」

「魔法技能士？　ああ魔法使いのことか。ならば手を見れば分かる。君は小指の付け根に杖だこがあるだろう。魔法杖を使い込んでいる証拠だ」

「ああ、なるほど」

「それに魔法使いは魔力量が多い」

「へ？ まあたしかに魔法技能士の随伴魔素は一般人よりも多いでしょうけど、そもそも魔素というのは目に視えないものだと思いますが……」

「？ 何を言っているのだ？ まさか君は魔素が視えないのか？ 魔法使いなのに？」

そのサジュエルの問いに依吹はきょとんとして、またしても首を傾げた。

「それはそうですよ。だって魔素は空気みたいなものですから、視えるわけないです」

依吹がそう返すとサジュエルは呆れた様子で天井を仰ぎ、両手で顔を覆った。

「なんてことだ。魔法使いなのに魔素が視えないだって？ 信じられない、どうかしているぞ。僕が眠っている間、この世界に何があったというのだ」

「…………？」

「それによくよく考えてみれば、さっきの衛兵なんて帯剣すらしていなかった。他種族との戦争が無かったとしても不用心すぎる。まったく君らは、そんな状態で復活した魔王とどう戦うつもりなのだ？」

その台詞(せりふ)に、しばらく黙って聞いていた依吹が不思議そうに尋ねる。

「あの……魔王って、なんのことですか？」

「魔王は魔王だ。勿論まだ復活はしていないだろうが、僕が目覚めた以上その前兆があって然(しか)るべきなのだ。君も衛兵ならばそれぐらい――いやまさか、魔王という存在を知らないわけじゃあないだろうな？」

　強い口調で問いただすサジュエルだったが、しかし依吹の口からは彼が予想していたものとは全く違う回答が返ってきた。

「それは魔王のことはもちろん知ってますけど。ただ――」

「ただ、なんだね？」

「魔王なら40年前に復活して、もう倒されましたけど」

「…………」

　それを聞いたサジュエルは真顔のまま硬直した。そうして取調室にはしばらくの間、時が止まったかのような沈黙が流れ、

「…………はあああ？」

　サジュエルの素っ頓狂な声がそれを破った。そして彼は難しい顔をしながら机を指で叩いたり顎をさすったりしながら、しきりに「馬鹿な」だとか「そんなはずは」などと呟いている。

　狼狽を隠し切れない彼の様子を見て、依吹は自分が何か不味いことを言ってしまったのだろうかと思いつつも尋ねた。

「えっと、あの、魔王がどうかしたんですか？」

　机の上で頭を抱えていたサジュエルがやがて口を開く。

「…………どうやってだ？」

「え？」

「どうやって魔王を倒したのか、という質問をしているのだ。勇者か？　新たな勇者が現れて聖剣を使ったのかね？」

「いえそれは……軍がミサイルで、ですけど」

「ミサイル？　それはどんな魔法だ？」

「魔法ではなく科学兵器ですね。もちろん魔法も施されていたはずですが」

「……つまり、君らはその科学兵器とやらで魔王を難なく倒したと？」

依吹はそんな彼に、なんとなく申し訳なさそうな顔で答える。

「一大軍事作戦ですから、難なくとまで言えるレベルではないでしょうけど」

するとサジュエルは目頭を押さえながら、魂まで抜け出しそうな溜め息を吐いた。

「その作戦とやらが行われたのはいつだ？」

「ええっと、たしか今からちょうど40年前ですね」

「馬鹿な。それじゃあ僕は――アールヴの賢者たる僕が40年も寝坊したということか？　あり得ない。魔王を倒すため眠りについたというのに、魔王が倒された後に目覚めるなんて、こんな馬鹿げた話があるものか」

驚愕と悲嘆に暮れている彼を見かねて、依吹は恐る恐る声をかける。

「あのー、一体何のお話を？　魔王がいないと何か問題があるんですか？」

「なに……？　いや問題はない。そう、問題はないのだ。ただ問題を解決するための手段に問題があっただけで、今はその問題も既に問題なくなった」

「？？？」

「しかしまさか勇者でも賢者でもない、ただの人間が魔王を倒すとは――」

そこで突如依吹の携帯が鳴った。彼女は即座にその電話に出る。

「はい、如月です。……はい……はい、了解しました。すぐに向かいます」

短い会話を終えた依吹はしばらくの間考え込んでからサジュエルの方に向き直り、まだうなだれている彼を見つめると、同情めいた口調で言った。

「ロッシュさん、あなたはもうお帰りいただいて結構です。トラックの件は眉唾ですし、実際には負傷者も被害届も出ていませんから。それに顔色が優れないようですので、お家で少し休まれたほうが良いですよ」

＊

連絡を受けて依吹が駆けつけたのは、青山の外苑前駅近くにある広い公園だった。植栽林の周りを、警察犬を連れた何人かの警官がうろついていて、その林の手前にある小綺麗な公衆トイレは、入口を黄色い規制テープで塞がれていた。

依吹がその一枚を丁寧に剝がして隙間を潜り抜けると、中には先んじて到着していた神島仁悟の姿があった。

「お疲れ様です、神島さん」

「おう、お疲れ。こいつを見てくれないか」

下に向けている仁悟の視線を依吹も目で辿る。白い磁器質タイルの床には赤いインクで描かれた魔法陣と、まき散らしたような大量の黒い染みがあった。死体らしきものは見当たらないものの、こびりついた飛沫の跡が酸化した血液であることは明白で、飛び散り方から察するにどうやら奥の個室にその原因があると推測できた。

「…………」

嫌な予感を抱きつつも依吹がその個室を覗いてみると、果たしてそこにあったのは男性の死体。便器に座ったまま恐怖に引き攣った顔で、全身をズタボロに切り裂かれていた。なかでも首の傷は頭がもげてしまいそうなほど深く抉られている。

「うっ……」

思わずえずいて顔を背ける彼女に、仁悟が平然とした口調で伝える。

「被害者の身元は不明。人間なのは間違いない。年齢は20代から30代ってとこだろう。死因は頸動脈損傷による失血、あるいはショック死か。この傷痕からして、殺ったのは中型以上の魔獣だ」

「うう、殺人ですか……。たしか今朝もあったんですよね」

「青山の駐車場でな。向こうも酷かったが、こっちと関係があるかどうかは不明だ。まあそれは俺とナラさんで調べるが。それよりお前に見てもらいたいのはコレだ」

仁悟はそう言って、足元に描かれている魔法陣を顎(あご)で示した。

「便所の落書きかと思ったが、鑑識の報告じゃ魔法陣(こいつ)の周りだけ空間の魔素量が少ない。つまりこの魔法陣が魔素を消費——機能してたって証拠だ。だが効果が分からないんだ。俺に魔法陣の知識はないんでな」

「なるほど、ちょっと見てみますね。……わ、今どき手書きなんて珍しい」

しゃがみ込んだ依吹は気を張り直した様子で、まじまじとその魔法陣を眺める。

「かなり古い文言ですね。数世紀は前のものかも」

「そりゃ骨董品(こっとう)だな……。種類は判るか？」

「恐らくですが、召喚魔法です。だけどおかしいな」

周囲を見回す依吹に対して「何がだ？」と問う仁悟。

「魔法円がどこにも見当たらないんです」

「？　それがそうなんじゃないのか？」

「いえ、これは魔法陣なので。私が言ってるのは魔法円のほうです」

「魔法円？　魔法陣と何が違うんだ？」

首を傾げる仁悟に対し、依吹は「ざっくり説明するとですね」と得意げに指を立てる。

「そもそも魔法というのはその効果を需(もと)める文言——つまり『需文(じゅもん)』を宣言することで起こり得る、人為的な魔素の励起現象のことです」

「それぐらいは知ってる。義務教育で習うだろ」

馬鹿にするなと言いたげに口を尖らす仁悟に「ですよね」と笑う依吹。

「――それで、その宣言を口頭で行うものが詠唱式、文字として書き起こすタイプが記述式です。魔法陣というのは、この記述式と図形を組み合わせてより効率的に表したもののことです。一般的には外枠に円環を用いることが多いので、魔法陣と言えば丸いものを想像しがちですが、実際には矩形や三角形で構成されるものもあります」

「ああ。そういやたまに見かけるな」

「そして魔法円というのは、特定の範囲に他者を進入させないための結界。実際には円でなくとも構いませんが、原則としては交差しない1本の線に沿って書かれた記述式です。我々に身近なもので言うなら、現場の規制線がまさにそれですね」

「なるほど、魔法陣と魔法円か。ややこしい」

「召喚魔法ではその結界によって、召喚対象から術者自身を守るのが常識なんです」

「だがそれが見当たらない――本来両方あるはずのものが、ここには片方しかないってことか？」

「そういうことです。聖域である魔法円を描かなかったせいで、恐らくこの被害者は自分で呼び出した魔獣に襲われたんじゃないでしょうか」

「召喚したはいいが襲われて、慌ててトイレの個室に逃げ込んだがダメだった、ってワケだ。それで？　呼び出した魔獣の種類は判るのか？」

「そこまではちょっと……。この術式を完全に読み解くのは難しいかもしれません。かなり複雑に組まれてますし、ルーン文字以外の表記も見られます」

「しっかりしてくれよ。国立魔法大卒のエリートなんだろ？」

「古式魔法の解読は難しいんですって。今のような定型文じゃないんですから。言語学とか考古学とか、場合によっては民俗学の知識まで必要になってくるんですよ？　まともに全文解析しようとしたら、専門の機関でも何ヵ月もかかるんです」

「被害者が出てるんだ、そんなに待てるかよ」

鼻息を荒くする仁悟に対して依吹は困り顔で溜め息を吐く。だが彼女はぶつぶつと何かを呟きながら考え込んで、

「……今読める範囲では『彼の者に肉と血を捧げん。罷りし魂の器を』と書いてあるようです」

「それはつまり、どういう意味だ？」

「詳細は分かりませんが、かなり危険な文言です。対価を求めるものだと」

「対価？」

「はい。察するにこの魔法は生贄を用いて執行されるものなんだと思います。当たり前ですけど魔法行使法違反ですね。というかそもそも召喚魔法が違法ですが」

「それじゃあこの男は、自分が生贄になると知らずに魔獣を召喚したってのか」

「そうなりますね。魔法円を書いていないということは、これが召喚魔法であることすら知らなかった可能性も。つまり魔法に関しては完全な素人で、被疑者であると同時に

被害者でもあるということです。そして直近の問題は――」

「何を呼び出したか、だな」

「ええ」

二人は血塗られた床と魔法陣を見つめて黙り込む。刑事としての経験から様々な臆測が頭をよぎるが、正解に辿り着くには情報が足りない。

しかしそうして二人が考えあぐねていたところで、突如後ろから若い男の声がした。

「随分と懐かしいものがあるじゃないか」

「っ⁉」

前触れもなく現れた気配に、仁悟が咄嗟に振り返って身構える。しかし依吹はといえば、そこに立っていた緑色のローブの男を見て警戒とは程遠い声を上げた。

「ロッシュさん⁉」

「――知り合いか？　如月」

「ええまあ……。というかさっき聴取をしていた人なんですけど」

「聴取？」

仁悟はサジュエルから目を離さず、訝しんだ様子で言う。

「部外者は立ち入り禁止だ。つーかアンタ、どこから入ってきた？」

するとサジュエルはやれやれと首を振り、

「馬鹿なのか君は。入口からに決まっているだろう」

「なに？　誰が――」

「そんなことより。君たちはその魔法陣について調べていたんじゃあないのかね？」

その言葉に依吹がすかさず反応を示した。

「ロッシュさん、これを知ってるんですか？」

「知っているも何も、召喚魔法というのはもともと僕が考案したんだ。その式も何が召喚されたかも知っている。あとついでに教えておくが、そこの文言は『彼の者に』ではなく『彼女に』だ。しっかり読みたまえ」

「え？　あ、本当だ……」

依吹がもう一度魔法陣を確認しているうちに、仁悟は彼女とサジュエルの間に割って入った。サングラスの隙間からじろりとサジュエルを睨み上げる。彼はサジュエルの高慢な態度が、種族格差による傲りであると感じたのだった。

「おいアンタ、どこのエルフ様だか知らないが、部外者がしゃしゃり出てきて捜査に口を挟むんじゃない」

しかし一方サジュエルは、そんな仁悟の姿を見て不思議そうに首を傾げた。

「君は――？　その瞳は……ライカンスロープなのか？」

「ああそうだよ、それがどうした」

「……いや別に。ただライカンスロープの衛兵なんて珍しいものだと思ったのでね」

「衛兵ってなんだよ。俺は刑事だ」

「振る舞いを見た限りでは似たようなものだろう。だが時代が変わったところで所詮、獣は獣と言わんばかりだな。まるで躾がなっていない。失礼極まりない」

「なんだと……」

白い牙を剥いてみせる仁悟に、サジュエルは顔の横で指をパチンと鳴らす。すると仁悟の目の前で淡い光が弾けた。

「蔑視を雪ぎたいのなら、まずは礼儀を弁えたまえ。仔犬くん」

「っっっ――⁇」

面食らった仁悟は戸惑った。勢いに任せて怒鳴ろうとしたものの、口を動かすことはできても声が出てこないのだ。

「愚者が為すべきは沈黙。賢者は語るべきを語る」

「……⁉………‼」

「君はそうやって少し黙ることを覚えるといい」

必死に口や喉を押さえて声を絞り出そうとする仁悟の姿に、

「どど、どうしたんですか？　神島さん⁉」と焦る依吹。

「心配する必要はない。しばらく喋れなくしただけだ。それよりも君たちは、そこの魔法陣について調べていたのではないのかね？　それが何を呼び出すものなのかを」

「！　そうです、ロッシュさんは本当にこれをご存じなんですか？」

依吹が真面目な顔で問うと、サジュエルは不敵に笑ってそれに答えた。

「そんなものホラに決まっているだろう」

堂々と言い切る彼に、依吹はきょとんとした表情のまま固まった。

「は？　法螺……ですか？」

「しかしまあ、当面の目標がなくなってしまったので暇潰しに来てはみたが、どうやら僕が出る幕はなさそうだな」

つまらなそうに手をヒラつかせてから踵を返す。だが一歩踏み出したところで思い出したように足を止め、依然困惑したままの依吹らへと肩越しに声をかけた。

「まだ分からないならヴァイキングにでも訊いてみたまえ」

「ヴァイキング？」と依吹。

「それと少し急いだほうがいい。あれは君らの手には負えない可能性がある」

謎めいた言葉を残し、堂々と立ち去るサジュエル。入口のテープは道を譲るように自然と剝がれ、彼が通り過ぎると再び元に戻った。それと同時に仁悟の魔法も解けたらしく、彼は水面から顔を出したかのように大きく息を吸った。

「――っ！　ぷハァ……」

「大丈夫ですか？　神島さん」

「ああ、別になんともない。しかしあのエルフ野郎、偉そうに出てきたかと思えば法螺を吹いて帰るとは。何がしたかったんだ？」

「そういえば署では魔王がどうとか言ってましたけど」

「魔王？　魔王なんかとっくの昔に死んだだろ。頭がどうかしてやがるのか？」

「でも記述式をひと目で読み解くだなんて、普通はできませんよ」

「にしてもだ。エルフにはロクな奴がいないってことは確かだ」

「そういう台詞、公人としては問題発言ですよ？　神島さん」

「――なら前言撤回、あのエルフはクソ野郎だ」

「余計酷くなってるじゃないですか……」

これは諫めるだけ無駄だと悟った依吹は困り顔で大きく溜め息を吐いた。

＊

小会議室でデスクを囲んでいるのは、署に戻ってきた仁悟と依吹、そして獣対の室長であるヲーレンである。そしてこのたった三人が、六課魔獣対策室のメンバーの全員だった。とはいえ無論、殺人が含まれる今回のような事件においては、彼ら獣対のみで捜査にあたるということはない。あくまでも彼らは魔獣の対策に重点を置いて動き、被害者の身元調査などは六課の他の刑事や捜査員が行っている。

「――それで、鑑識からは？」

ヲーレンの質問に答えたのは仁悟。

「駐車場で見つかった体毛と同じものが、昼過ぎの公園のトイレでも見つかりました。

DNAは一致。死亡推定時刻から、先に殺されたのは公園で発見された男の方です」

「つまり如月の嬢ちゃんの見立て通り、召喚魔法で呼び出された『なにか』が術者を殺し、その後に駐車場で二人目を襲ったってことだな？」

「つーことです。鑑識の報告だと個体識別は難しいものの、毛の種類はやはりゴブリンのものと酷似しているそうです。それと犯行が行われた時間と両現場の距離から考えて、活動範囲はそれほど広くない。これもゴブリンの習性と同じだ」

「そうか。ならまだ近くに潜んでる可能性が高いな」

「非常線の要請、出しますか？」

「いや。被害が出てるとはいえ、さすがにゴブリン1匹じゃ許可が下りんだろう」

「それじゃあ地道に捜していくしかないってことですか……」

「とは言っても目星は付けたいところだ。嬢ちゃんのほうで分かったことはあるか？」

そうヲーレンに尋ねられ、視線を向けられた依吹は襟を正して咳払い。

「はい。まず公園のほうの犯人――とは言っても被害者でもあるわけですが、彼の自宅のパソコンから例の記述式を含む200個以上の記述式のデータが見つかりました。クラウドやネットに流した形跡はありません。恐らく犯人はコレクターだったのではないかと」

「魔法陣コレクターか。ニッチだが、まあそれほど珍しい趣味ってわけでもないな」

仁悟が納得したように頷く。

「何年か前にもブームがありましたしね。それで、これも推測ではあるんですが、犯人はあの記述式の効果を調べたかっただけなのではないでしょうか」

記述式魔法あるいは魔法陣には、需文(じゅもん)の構成やその文字自体の美しさに芸術的な価値を見出(みいだ)して集める、いわゆる収集家(コレクター)がいる。そしてそれには式を考案した人物のストーリーや歴史的背景などもあり、大抵の場合は古いものほど価値が高いとされる。しかしあまりにも古くて「そもそも何の魔法なのか」ということすら不明な場合には、魔法陣であるという事実が認められず、ほとんど価値がなくなってしまう。

「ああ、それはあり得るな。お前が言ってた魔法円問題もそれなら解決する」

「ですよね。あとそれと、記述されていた需文(じゅもん)の内容に関してですが、魔法庁の資料の中にあれと同じものが見つかりました。やはりあれは召喚用の特殊記述式——8世紀以上前に存在していた古代魔法です。ただ実際に使われたという記録はなく、あれがどんな魔獣を召喚するものなのか、ということまでは分かりません。ですがロッシュさんなら何かをご存じなのかもしれません」

「そのロッシュってのは、所轄が引っ張ってきたとかいうエルフだな？　今どこにいる？」

「分かりません。ただかなり目立つ方なので、警らの協力があれば見つけられるかと」

「よし。じゃあ嬢ちゃんはそのエルフを捜して、他に情報が無いか訊き出してこい」

ヲーレンは立ち上がり、安物のレザーコートを無造作に肩に掛ける。

「神島、お前は俺と一緒に魔獣を見つけるぞ」

「了解です。とっとと見つけてブッ倒してやりますよ」

＊

これといったあてもないまま、建物や車や行き交う人々を観察しながらサジュエルが街をさまよっていると、高いビルに挟まれた一軒の洋服屋を見つけた。

都心の一等地にひっそりと建つその店はクラシックな店構えで、窓枠に吊るされた木製の看板にはハサミを持った妖精の絵が彫ってある。ショーウインドウに飾られたスーツには値札が見当たらず、およそ庶民には縁遠いと思わせる高級な雰囲気を醸し出していた。

サジュエルはそこのスーツと自分のローブを見比べると、ひとり頷いてから迷わず扉を開けた。

「……いらっしゃいませ」

店内は外の造りと違わぬ落ち着いた内装で、心地よいジャズの音色が耳を撫でるような音量で流れている。店主と思しき壮年の男性はサジュエルの不審な恰好に一瞬だけ戸惑う様子をみせたものの、一流モデルにも勝る彼の容姿と、昔であれば宮廷ですら通用しそうな見事な立ち居振る舞いを見て、すぐにそれが上客であると判断したようだった。

「お客様、どのようなお召し物をお探しでしょうか」

「決まっている。僕に相応しいものだ」

悩む素振りも考える隙も見せず、サジュエルはいきなり言ってのける。そして壁際のスーツの中からスリーピースのテーラードジャケットを選び、店の真ん中に並んだ反物からダークグリーンの生地を選んで指差した。

「この生地であの服を作ってくれたまえ」

「かしこまりました。それではご採寸を。――失礼致します」

店主はポケットからメジャーを取り出し、熟練の手付きで手際よくサジュエルの身体を測っていく。その間サジュエルは黙って店内を見回してから、淡々とメモを取っている店主に尋ねた。

「杖はないのか」

「杖、と仰いますと、礼装用のステッキでございますか？」

「いや魔法用だ」

「それは……恐れ入りますが、当店ではスポーツ用品の取り扱いはございませんので」

「スポーツ用品？　まあ無いなら礼装用でも何でも構わない。サンザシかヒノキを使っているやつがいい」

「それでしたら支柱が黒檀、柄にはパウサンドウッドを用いた物がございますが」

「ではそれだ。あと靴も欲しい」

採寸が終わり、店主が店の奥から小洒落た黒いステッキと、サジュエルの要望に添った真っ白なホールカットの革靴を持ってくる。

「杖と靴はこちらに。背広は3週間ほどで出来上がりますが、ご一緒にお渡しするほうが宜しいでしょうか？」

「一緒で構わないが、随分と遅いな。2日で仕上げてくれたまえ」

「は……？　失礼ですがお客様、さすがに背広の仕立てを2日でというのは――」

「できるはずだ。ブラウニーがいるのであればな。看板に彼らの絵があった」

サジュエルが言うと、店主は不思議そうな顔で小首を傾げる。

「ブラウニーと申しますと、あの家事妖精のブラウニーでございますか？」

「当たり前だ。それとも他に同じ名の種族がいるのか？」

「いえそれは存じませんが……。ただお恥ずかしながら当店には――」

「では何故ブラウニーの絵を飾っているのだ？」

「何故と申されましても、仕立て屋の看板にブラウニーを描くのは慣習のようなものでして……。もっとも私の曽祖父の代までは実際にいたとも聞いておりますが、時代とともにどこかへ消え去ってしまったようでございます」

「そうなのか。それは難儀な話だ。ならば僕が呼んであげよう」

「へ……？」

素っ頓狂な声を上げた店主の目の前で、サジュエルは床を爪先でノックするように軽く叩(たた)いた。すると間もなくレジカウンターの物陰でガサゴソと音がして、身長1メートルほどの小人が3匹、腰を丸めておずおずと顔を出した。

どの小人も茶色の毛むくじゃらで長い鷲鼻(わしばな)。目は見開いたように丸い。身体にまとったボロ布も毛と同じ色をしていて、その名が示す通り、まさに『茶色い人(ブラウニー)』だった。それを見た店主は驚きを隠せない。

「これは――」

「初めて見たかね？　彼らが家事妖精のブラウニーだ。掃除や洗濯や皿洗いもしてくれるが、服の仕立てを最も得意とする。彼らを君に付けよう」

「ブラウニーを3匹も……？」

「ただし気をつけたまえ。彼らに対して面と向かって礼をしてはならない。食事なりの報酬は家の隅に生肉でも置いておくといい。勝手に持っていく」

「な、なるほど。それは聞いたことがあります」

「それと彼らは裸足(はだし)だが、決して靴を与えるな。ブラウニーに靴を与えるという行為は『この家から出ていけ』という意味になる」

「……承知しました。充分に気をつけます」

店主は緊張した面持ちでブラウニーたちを見つめている。

「それと仕立ての代金だが――」

サジュエルが言いかけたところで、店主は慌てて彼に向き直って首を振った。

「め、滅相もございません！　こんな希少なものをお呼びいただいた上にお金など――」

「ふむ、そうか。まあ君がそう言うのならば僕としては助かる。ともかくこれで仕立ては間に合うだろう？」

「はい、ありがとうございます。必ず期限までにお作りするとお約束致します」

「ああ頼んだ」

「それとあの……、恐れ入りますがお名前は？」

「サジュエルだ。サジュエル・L・ロッシュ。明後日（あさって）の朝にまた来るから、それまでに最高の品を用意しておきたまえ」

サジュエルはそう告げると颯爽（さっそう）と身をひるがえして店を出た。

＊

コンビニのドアが開き、パンを口にくわえた仁悟が出てくる。両手には紙コップのコーヒーが二つ。停車中のセダンに彼が近寄ると車窓が下がり、運転席のヨーレンが顔を覗（のぞ）かせた。

「悪いな、神島」

仁悟はコーヒーを片方渡してから、回り込んで助手席に乗る。運転席のヨーレンはそのコーヒーに口をつけながら紙の地図を広げた。

「あと何軒残ってんだ？」

「あほいっふぇんふぁへぇふ」

「食いながら喋るんじゃねぇよ」

ヲーレンに窘められて、仁悟は丸のみするようにパンを平らげてから言い直す。

「……あと一軒だけです。ヴァイキングだの海賊だのって名前が付く店は」

「ならそこで情報が得られなけりゃあ、振り出しってことだな」

「やっぱりあんなエルフの情報、当てにならないんですよ。そもそも本人が法螺だと言ってるんですから」

二人は何の手掛かりもなく無闇やたらに捜し回るよりは、とりあえずサジュエルの残した『ヴァイキングに訊け』という台詞に従ってみることにしたのだった。しかしそれらしい店や肩書きを持つ者に聴き込みをして回ったものの有用な情報は無いまま、残った候補はあと1箇所だけとなっていた。

「そうは言ってもお前、早く見つけねえとまた被害者が出るだろ」

「ですよね……エムってるなあ」

「なんだ、その『エムってる』ってのは？」

「あれ、知らないんですかナラさん。エムプーサっているじゃあないですか」

「あの悪夢を見せる魔獣のことか」

「そうそう、それです。そいつからきてるんですよ。だからエムってるってのは『悪夢みたいだ』とか『最悪だ』って意味です」

「なら最初からそう言えばいいじゃねえか」

「いやいやナラさん。若者ってのは、自分たちの文化を作りたがる生き物なんですよ」

「若者っつってもなあ。神島、お前もう30だろ」

「……まだ28ですよ」

話しながら仁悟が車のナビに住所を打ち込むと、間もなく妙なイントネーションの音声が案内を開始した。それに従い車を走らせていくと、やがて着いた場所はさして珍しくもない、どこにでもある洋風の居酒屋だった。店の扉にはまだ準備中の札が掛かっている。

「『カフェ&バル ヴァイキング』か。何か見つかるといいんですけどね」

仁悟が店の窓から中を覗いてみると、店内では従業員が慌ただしくテーブルをセットしており、奥の厨房(ちゅうぼう)は仕込みの作業に追われている様子だった。

「人はいるみたいだ。入りましょうナラさん」

そう言って中に入ると、せかせかと奥から店長らしき男が出てきた。仁悟とヲーレンは「お忙しいところすみません」などと月並みの台詞を並べてから、その男に話を訊(き)くことにした。

「――なるほど。じゃあ特に思い当たる節は無いと」

「ええ、すみませんが。そもそも私は魔獣なんて見たこともないですし。それにゴブリンなんて東京にいるんですか？　てっきり田舎の山奥とかにしかいないものかと」

「まあ普通は、そうなんですがね……」

ヲーレンは腕組みをしたまま唸る。仁悟の表情にも落胆の色。彼は手にしていたペンを手帳に挟むと、小さな溜め息と一緒に懐へしまった。

「ご協力感謝します。お時間いただいてすみませんでした」

そう述べて店を出ようとドアに手を掛けたところだった。仁悟はふと、店内に飾ってある船の模型に目を留めた。店名に由来した物か、海賊旗を掲げた大きめの帆船。

「あの船は――？」

「え？　ああアレですか。先代のオーナーが趣味で作った模型なんです。なんでも若い頃は海賊になりたかったんだとか。笑っちゃいますよね」

店長の苦笑いに付き合うこともなく、黙り込む仁悟。

「――あの船が何か？」

「いえ、まあ大したことじゃ。ただちょっと文字が気になったもんで。あの船、横にヴァイキングって書いてありますけど、綴りが違いません？」

彼の言う通り、模型の船体に焼きごてで付けられた文字は『Vikingr』となっている。

仁悟の記憶ではヴァイキングの綴りの最後にRの文字は付かない。

「ああ、あれですか。私も昔聞いたんですけど、どうもあの単語は英語じゃないみたいですよ。大昔のヴァイキングが使っていた言葉だとか」

「昔の言葉……名前……？――そうか！」

仁悟はすぐに何かに気が付いた様子で、店長に再び謝辞を述べてから足早に店を出た。

「おい神島、どうした？　あの船がどうかしたのか？」

「いや船じゃなくて名前ですよ、ナラさん」

「名前だあ？」

早歩きの仁悟に、ヌーレンは短い足で歩調を合わせていく。

「ええ多分。あのクソエルフが言ってたのはそのことかも――」

駐車場に戻る道すがら、仁悟は交差点で信号を待つ間に携帯を慌ただしく操作し、やがて納得の表情を浮かべた。

「やっぱりだ」

「何がやっぱりなんだ？」

訝しげに尋ねるヌーレンに画面を傾けて見せる。

「見てください、ナラさん」

「字が小さくて見えねえよ」

「いい加減メガネしてくださいよ……。んなことよりこれ、ゴブリンの名前の由来は、昔ヴァイキングが使ってたノルマン語ってやつなんです」

「だから何だってんだ?」

「アイツが言ってた『ホラ』ってのは、法螺吹きのホラじゃない。多分このノルマン語か、その頃に使われてた昔の言語なんですよ」

「なるほどな。で、そのホラってのはどういう意味なんだ?」

「それは分からないですけど、魔法史図書館とかなら魔獣に関する古い文献があるはずです。そこで調べれば何か見つかるかもしれません」

「しかしあそこは魔法庁の職員しか入れねえだろ」

「そこはまあ、なんとかします」

「なんとかってお前、また無茶するんじゃねえだろうな?」

「大丈夫ですよ」

信号が青に変わってすぐに走り出す仁悟に、追い付こうともしないヲーレンは呆れるように鼻で息を吐いて、職務に燃える若い背中を眺めながら歩いていった。

*

吹き抜けの広い図書館の中は、高さ4メートルを超える木製の本棚が壁を埋めるように並んでいる。中央には太い柱がそびえていて、それも本棚としての機能を備えていた。

蔵書スペースから少し離れた閲覧コーナーでは、長机の上に積み上げられた本を読み漁っている仁悟と、その向かいで目頭を押さえて俯いているヲーレンの姿。

「なんでこう……どれもこれも字が小せえんだ。俺はもう限界だ、目眩がしてきた」

「字が小さいんじゃあなくて、たんなる老眼ですよ、老眼。ナラさんだってもう歳なんですから」

「うるせえ、俺はまだピチピチの56だ」

「結構いってるじゃないですか」

ヲーレンは背もたれに首を預けて唸り声を上げている。その間も仁悟はサングラスのまま、時折それを上げ直してはブツブツと独り言を呟きながらページをめくる。

「しかしよくもまあすんなりと入れたもんだ。お前のことだから、どうせ裏口から忍び込むとか無茶言い出すもんだと思ったが」

「そういうのは10代の頃に散々やって、いつもナラさんに怒られてたじゃないですか」

「懐かしいな。しかし不思議なもんだぜ。あのライカンスロープのやんちゃ坊主が、今じゃ獣対の刑事だってんだからな」

「そういうセリフは歳取ったの認めてる証拠ですよ」

「へえへえ、どうせ俺はジジイだよ」

これみよがしに肩を叩いてみせるヲーレンに仁悟は呆れ顔で対抗した。そんな会話をしつつも、彼は読んでいた本が求めているものとは違うと判断すると早々にそれを閉じ、積み上げられた本の山から次を探す。

「ここに入れたのは如月に頼んだからです」

「嬢ちゃんに？　ああそう言えば、あの子の父親は魔法庁のお偉いさんだったな。どうりで職員の対応が丁寧なわけだぜ」

ヲーレンはそう言いながら天井を仰いで眼を休めている。それを横目に仁悟は仕方なく一人で本に没頭していった。

「――ゴブリン……ゴブリン……ゴ――ああこれか。ありましたよ、ナラさん」

見つけた文章を指でなぞりながら少し声のボリュームを上げる。

「ええっと。ゴブリン、直鼻亜目ヒト亜科ゴブリン属……へえ、魔獣もちゃんと生物学的に分類されてるんですね。つーかゴブリンって猿なのか」

「魔獣ってのはようするに害獣の一種だからな。妖精なんかはまた別だろうが」

「たしかに。で……体長は80センチ前後。二足歩行。足が短く手が長い。皮膚は緑がかった茶色、体毛は灰色で長く薄い。声帯が発達しており、極めて単純だが声によるコミュニケーションが可能。性別はオスのみでヒトを含む同科のメスと交配可能。雑食で非常に強い消化器官を持ち、人間や鳥獣の生肉を好む。――だそうです」

「長過ぎるだろ。覚えられるか」

「つっても特に目立った情報は無いですね。ノルマン語に関する記述も見当たらない」

「ううむ……、どうしたもんか」

とそこへ、数冊の分厚い本を抱えた女性の司書がふらふらした足取りでやって来る。

「ふぅ。お探しの本はこれぐらいでしょうか」

彼女はその本でもって机上の山を更に高く積み上げる。しかし仁悟が背表紙に目を通すと、どの本も新版などと銘打たれた真新しいものばかりだった。

仁悟は「ありがとうございます」と言いつつも、その山には手を伸ばさずに考え込む。

「……すみません。折角持ってきてもらって悪いんですが、もっと古いやつは？」

「古い本、ですか。古文書とか？」

「ええ。それか民俗伝承みたいなやつでもいいです。そういうのは無いですかね？」

「それなら特別保管庫に有ると思いますけど――」

「じゃあそれをお願いします」

しばらくして司書が大事そうに運んできたのは、少し大きめな平べったい木箱。表面には魔法陣。彼女はそれをおもむろに置くと、薄い手袋を仁悟とヲーレンに手渡して言った。

「状態は良いと思いますが、直接触ることは禁じられていますので」

そうして木箱の蓋を開けると、中には茶色い革表紙にエンボス加工で文字が打たれた、しっかりとした装丁の本があった。古めかしいデザインではあるものの、彼女が言うように革の油もまったく抜けておらず、ベージュ色の紙にも皺ひとつ無い。

「本当だ、綺麗なもんですね。このタイトルはなんて書いてあるんですか？」

「たしか『モンスターの分類と生態に関する詳細な記述』という題名だったはずです。

およそ800年前に書かれた本だそうですが、現在の魔獣生物学の研究のほとんどは、この本に書かれた内容の確認作業を行っているだけだとか」

「そりゃ凄え……」と仁悟は緊張しつつその本を手に取る。

「慎重に扱えよ、神島」

ヲーレンの注意に、仁悟は言わずもがなとゆっくりその表紙をめくる。そしてはっとした表情で固まった。

「どうした神島、何が書いてある？」

「これは――全っ然、読めねえ」

仁悟がヲーレンと顔を見合わせてから苦笑うと、ヲーレンは無言の圧力を返した。

「いや無理ですよこんなの。見たこともない文字だ。ナニゴデスカコレ」

仁悟がそうぼやいて本を手渡すと、しかし受け取ったヲーレンはさっと目を通してから拍子抜けしたように言った。

「なんだ、こりゃ古エルフ語じゃねえか」

「古エルフ語って、なんですか？」

「昔のエルフが使ってた言葉だ。お前の嫌いな現場テープにだって書いてあるだろう」

「ああ、あれか！」と得心した様子で手を打つ仁悟。

「あれか、じゃねえよ。お前も少しは魔法勉強しとけ」

「今からそれはさすがに。ってかナラさん、それ読めるんですか？」

「発音は上手かねえが意味は解る。ドヴェルグ語っつう昔のドワーフが使ってた言葉と似たようなもんだからな。まあそっちは最近じゃめっきり聞かなくなっちまったが」

「へえ。ナラさんにも特技があったんですね」

「ふざけろ、俺にだってできることはある。ジジイなりの役目ってやつだぜ」

そう言って眉間に皺を寄せながらページを睨むヨーレンの横顔を、仁悟は感心した様子で見つめていた。

「……あった。これだな。ゴブリンの生態について」

「おっ？」と仁悟が覗き込むが、無論読めはしない。

「ゴブリンには……あー、社会性……が見られるが、群れは形成……オスのみで形成される。しかし数十……いや数万匹？　に1匹という極めて低い確率で……メスが産まれる」

「メス？　ゴブリンにメスがいるんですか？」

「そう書いてある。……メスのゴブリンは『ホラ・ゴブリン』と呼ばれ――」

その言葉を聞いた仁悟は得意げな顔で指を鳴らしてみせた。

「ほら、ホラだ」

「黙って聴いてろ、続きがあるんだ。……ホラ・ゴブリンは、通常のオスのゴブリンに比べ……知能が高く……体が大きい。また群れを成さず単独で行動する。そして彼女らは誕生時に既に受胎しており、出産のため――」

そこで言葉に詰まるヲーレン。文字が読めないわけではなく、その内容を声に出すことをためらったのだ。彼は顔を曇らせ、傍にいた女性司書を気にする素振りを見せてから、気不味そうに咳払いをしてそのまま続ける。

「……妊娠している人間の……子宮を食べる」

果たしてそれを聞いてしまった司書の顔が青ざめた。

「──ただしそれは決まり……儀式に過ぎず、出産は摂食後1日から2日……だと？」

「は？　年じゃなくて日？」

「いや間違いねえ。1日から2日だ。そう書いてある」

「いやいやいや、ヤツが被害者を喰ったのは昨日ですよ!?」

「分かってるから静かにしろ。まだ続きがあるんだ。──しかし注意すべきは……その期間ではなく子供……産まれる子供は必ず次世代の王である」

そこまで読み終えたヲーレンは、本をパタンと閉じて天を仰いだ。

「神島、こりゃマズいぞ」

「ですね。王っていうのはやっぱり、アレですか」

「多分、ゴブリンキングのことだろうな。実際に見たことはねえが、分類上じゃ特別危険指定種ってやつだ。ワイバーンやクラーケンと並ぶ、伝説レベルの化け物だぞ」

「マジかよ……。ナラさんこいつは──」

「ああ。まさに悪夢ってるってやつだぜ」

＊

幅広い歩道を行き交う人々の中で金色の頭ひとつ抜け出したサジュエルは、相変わらず周囲の人目を意図せず惹きつつも、歩道の端に連なるフリーマーケットのような露店を眺めていた。

そんな彼に、銀のアクセサリーを並べた店の男が声をかける。

「お。エルフのお兄さん、カッコいいねえ！」

「ここはタリスマンを売っているのか」

「そうそう見てってよ、お兄さん。リングでもネックレスでも安くするからさ」

「ふむ」とサジュエルは、目についたネックレスを手に取ると、そのチャームに描かれた魔法陣を見るなり言う。

「なんだこれは。酷い品物だな」

「はあ？　なに言ってんのお兄さん。うちのブランドは原宿じゃ結構有名だぜ？　プロの魔法士と人気のアクセ職人がコラボしててさ。デザインだけじゃなく強化付与も最高！　って、凄え評判いいんだから」

「ならばその魔法士とやらは今すぐ杖を折ったほうがいいな。こんな質の悪いタリスマンはタリスマンとは呼べない」

呆れ顔のサジュエルに対し、さすがにそこまで酷評されては沽券にかかわると、男は立ち上がって詰め寄る。

「なにアンタ、喧嘩売ってんの？　うちの商品のどこがダメだってのさ？」

するとサジュエルはチャームを男の眼前に突きつけた。

「見たまえ。まず単語の綴りが3箇所も間違っている。それに宣言文も順序が逆だ。さらに付け加えると、素材となっている銀と施されている魔法の相性も最悪だ。銀の主属性は水属性と金属性――にも拘わらず相克である火属性の強化付与を施すなんて、頭がどうかしているとしか思えない。『カラスは黒く塗れ』という魔法の格言を知らないのか？」

逆にまくし立てられて、男はネックレスとサジュエルを交互に見る。

「……お兄さん、プロ？　魔法庁の人？」

「なにを言う、僕は賢者だ」

「は、はあ……」

「まあ君は哀れなほど無知なようだからこれ以上責めるつもりはないが。それと折角だから、これは直しておいてあげよう」

「は？　いやちょっと――」

男が止める間もなく、サジュエルはチャームに描かれた魔法陣に向かって、手を鷲摑みのような形にしてかざす。蛇口をひねるようにその手を回すと、それに追従して魔法陣の円環部分が回り、文字が光を放ちながら変化した。

「おおお、凄え……」

「素材に合うよう金属性の身体強化魔法に書き換えた。簡易的だが少しはまともな効果が期待できるだろう」

そう述べたサジュエルからネックレスを返されると、男は早速それを首にかけてみる。

「うお、なんだこれ⁉　やべー超みなぎる！」

そして座っていた椅子を掴んで力を込めると、スチール製のパイプはいとも容易く潰れた。その後も男は「やべー」を連呼しながら椅子を粘土のようにもてあそんでいる。

「……まったく、僕が眠っている間にここまで魔法が廃れていようとは。一体何があったというのだ」

サジュエルがぼやきながらその場を立ち去ろうとした時、遠くから彼を呼ぶ声があった。

「ロッシュさーん！」

振り向いた先には、人混みの中で小さくジャンプしながら手を振っている依吹。彼女は何度か彼の名を呼びながら、人の隙間を縫うように駆け寄ってきた。

「はぁ、はぁ……。やっと見つけ……ました」

「君か、小魔法使いくん。そろそろ来る頃だろうとは思っていたが」

「そ、そうなん……ですか……？」

肩で息をする依吹は、少し待ってくれと言わんばかりに手を向けつつ呼吸を整える。

「ロッシュさん。実はあなたに――」

「訊きたいことがあるのだろう？　どっちについて知りたいのかね」

「どっちもです。ホラの居場所とゴブリンキングについて」

「ふむ。それは怠慢だと言えなくもないが。だがまあ今のところ、この時代で唯一まともらしい魔法使いの君に免じて、教えてあげるとしよう」

「ありがとうございます！」

依吹は丁寧にお辞儀をしたものの、しかし人目を気にして少し声を小さくした。

「すみませんロッシュさん、捜査に関わることなのでここではちょっと。署までご同行いただけますか？」

「ああ、僕は別に構わない。丁度暇を持て余し始めたところだ」

＊

小会議室のブラインドから浅い角度で射し込んだ夕陽が、依吹の前にある机とそこに座ったサジュエルを照らす。サジュエルは優雅に脚を組み、相変わらずの余裕の表情でもって語った。

「まず最初に言っておくが、今現在ホラがどこにいるか、ということに関しては僕にも分からない――」

依吹は聴きながら手帳を広げてメモを取っている。

「だが見当はつく。そもそもゴブリンというのは総じて、暗く人気のない場所を好む生物だからだ。彼らは縄張り意識が強く、一度狩り場を決めたらそこから離れることはほとんどない。少なくとも目ぼしい獲物がいなくなるまでは」

「なるほど。では今も現場からそう遠くない場所に？」

「潜んでいるはずだ。それにゴブリンは猿の亜種なのだ。山道や木々を渡るような移動は得意でも、平坦な市街地での長距離移動は考えにくい」

「うーん……。だとすると下水道？　隠れるにはもってこいだと思うんですけど」

「下水道というと地下水路か、違うな。彼らは泳ぎが苦手で水を嫌う。川や海などの水辺には滅多なことでは近付かない」

「では公園は？」

「それも違う」

即答するサジュエルに「なぜでしょう？」と依吹。ボールペンを顎に当てて首を傾げる。

「いいかね、そもそも狩りというものには二通りのやり方がある。ひとつは自分にとって有利な場所に相手を誘い捕らえるやり方。もうひとつは自分から出向いて直接襲うやり方だ。ゴブリンが行う狩りは後者だが、長距離の移動に向かない彼らは、あらかじめ獲物の居場所に目星をつけておきたい。そのためには見晴らしの良い場所を住処に選ぶ必要がある。生物というのは、生存において極めて効率的に行動するものだ」

「見晴らしの良い場所――つまり高い所ということでしょうか」

「その通りだ。かつては崖に近い洞窟や丘の遺跡などにいたものだが、この街の様子を見た限りではそんな場所は存在しないだろう。だが高い建物は多い」

「じゃあビルの中や屋上？　でもそんな人目につく場所にいたらすぐに通報が――」

言いかけた途中で、考えを巡らせていた依吹はすぐに答えを見つけた。

「そうだ、廃ビルだ……！　建設中や封鎖された建物なら、見晴らしもきくし隠れていても見つからない！」

答え合わせを求めるように依吹がサジュエルの顔を見ると、彼は満足げに頷いてみせた。依吹はそれでほっと胸を撫で下ろし、

「なんでこんな単純なことに気づかなかったんだろう……。いえ違う、私たちは魔獣の基本的な生態すら理解できていないんだ。だからこんな単純なことでも分からなかった……」

自問自答して納得した様子の彼女にサジュエルが告げる。

「答えが出たのであれば、なるべく早く行動することだ。モンスターというのは、君たちのように規則や時間に縛られたりはしないのだよ」

「……！　そうだ、早く二人に報告しなくちゃ！」

依吹は慌てて携帯を取り出し、すぐさま仁悟へ電話をかけた。

「もしもし神島さん、如月です。犯人の居場所の目星が付きました」

＊

「——なに？……分かった、すぐ送ってくれ」

助手席にいた仁悟が電話を切ると、運転中のヲーレンは前を向いたまま話す。

「嬢ちゃんか？　なんか分かったって？」

「ええ。ホラは廃ビルだそうです。それか建設中のものか。どっちにしても使われてない建物です。今情報を集めてもらってます」

「なるほどな。魔獣ってぇとどうしても、公園とか自然のあるとこに行くイメージがあるが、まさかビルとはな」

いつでも指定の場所に向かえるように、ヲーレンは最寄りの降り口を見つけて首都高を降り、そして道路脇に停車し次の連絡を待った。既に日は落ちており、暗さを増してゆく空がタイムリミットであるかのように、仁悟は焦りをみせ始めていた。

しばらくしてスマートフォンの受信音が鳴ると、すかさずメールを開く。

「……来ました。候補は2箇所、麻布と六本木です。どっち行きます？」

「こっからなら六本木だな。所轄に連絡してから、嬢ちゃんには麻布に向かってもらえ」

「了解です」

ヲーレンがアクセルを吹かすと同時に、仁悟が着脱式の赤色灯をルーフに取り付ける。突然鳴り響くけたたましいサイレンに周囲の人々が振り返る中、間もなく車は夜の街を疾走し始めた。

やがて仁悟らが到着したのは改装途中で放置された商業ビルだった。20階建ての建物を見上げれば背後には月が満ちている。

建物の窓に貼られた養生シートは半分近くが剝がれ落ち、内装の工事もほぼ手つかずで投げ出されたまま。外には未だ仮囲いが取り残されており、ドラム缶やセメントの袋、ばらされた足場の鉄パイプなどが乱雑に積まれていた。

「ここは――数年前に殺人があったところだな」

「ええ。営業中のクラブ内で半グレ同士が集団でかち合ったとか。一般客も巻き込まれて、たしか三人死んでます」

その事件が原因でテナントは次々と退去していき、イメージを払拭するために全面改装が計画されたものの入居者が決まらず、かといって取り壊して建て直すには費用がかかりすぎる――そのような理由で放置されている建物である。しかし少なくとも今はその無人となった状況を善しとする者がいるのは確かだった。

(微かだが……間違いない。血の臭いがする)

薄っすらと牙を覗かせる仁悟に、後ろからヲーレンが声をかける。

「神島。ただのゴブリンじゃあねえんだ、気を抜くなよ」

そう言って車内から小さなアタッシェケースを取り出し、ボンネットに置く。中には白い拳銃(けんじゅう)と小箱がそれぞれ二つ。いわゆる回転式拳銃だが銃身には金の縁取りが施され、グリップには魔法陣が彫られていた。

「廻填魔導拳銃(エーテルリボルバー)ですか……」

「こういうのが必要になるかもしれねえってことだぜ」

二人は各々その銃を持ち、小箱から取り出したルーン文字の書かれた弾丸を慣れた手付きで込めてゆく。

「大丈夫なんですか、ナラさん」

「安心しろ、銃の腕ならお前よりはるかに上だ。元軍人を舐(な)めるんじゃねえ」

「いやそうじゃなくて。建物に電気が来てないから、エレベーターは使えないですよ」

「…………」

ヨーレンは建物を改めて見上げてから、「慎重に行くぞ」と念を押した。

「はいはい、慎重にね。階段は両サイドにあるみたいだから、二手に分かれましょう。俺は右から上るんでナラさんは左をお願いします」

「おう。見つけても先走るんじゃねえぞ」

「分かってますよ」

正面のガラス扉は鍵(かぎ)が閉まっているものの、肝心のガラスが砕けてなくなっていた。

仁悟はそこから慎重にエントランスホールへと進入し、おもむろにサングラスを外す──赤い眼が妖しく光り、瞳孔が縦に細まる。

（臭えな……。魔獣の臭いだ）

コンクリートが剝き出しのままの柱と壁。梁の見える天井。床からは束ねられた配線が雑草の如く顔を出している。窓に貼られた半透明の養生シートによって、月明かりが寒々しい間接照明となってしっとりと部屋に射す。静けさが空間を冷やしていた。

仁悟は角や物陰にいちいち銃を向け、着実に探索範囲を横から上へと拡げてゆく。やがて収穫のないままいくつかの階層を経てから、片耳に付けた小さなヘッドセットに囁いた。

「……こちら神島。現在9階」

『随分速いな。ちゃんと調べてるか？』

「大丈夫です。臭いは上から来てますが、まだ遠い」

『了解した、俺は今5階だ。そんなに焦らなくていいぞ』

「おっそ──」

思わず言いかけた仁悟は口をつぐみ、再び探索に集中する。しかしこれといった発見もないまま上層階にまで辿り着いたところで、彼の表情が険しくなった。

（いる……）

部屋に入るなり彼の鼻にまとわりつく血の臭い。仁悟は眉間に皺を寄せ、拳銃を暗闇の奥へと向けた。そして気配を消してゆっくりと歩を進めながら、点々とした赤い道標を辿ってゆく。

すると闇の深いところから、ピチャリピチャリと微かに響く湿った音が聞こえてきた。それが配管や雨漏りの類によるものではないのは明らかで、その証拠に仁悟がそろりそろりと寄るのに反応して音はピタリと止んだ。

仁悟は互いに相手の存在を認めたと判断してから、奥歯を鳴らして声を発した。

「……クソッたれが」

銃口を向けた先には、闇の中で人間の腕と思しき物体を手にしたまま彼を見つめ返す、不気味な何かがいた。

「……こちら神島」

『おう。なんか見つけたか？』

「いました。ホラです」

体長は170センチ前後。仁悟より低いとはいえ普通のゴブリンに比べれば遥かに大きい。顔はテングザルに似ているが眼は横に長く鋭く、虹彩が異常に大きいため白目はほとんど見えない。四肢が太く、それでいてしなやかな筋肉からは、野生動物特有の強靭さが容易に見てとれる。

『まだ仕掛けるなよ、神島』

「さあ、そりゃどうですかね……」

『なんだと？　無茶するな、俺が行くまで――』

ヲーレンが言いかけている途中で仁悟はイヤホンをオフにした。仁悟の瞳は恐ろしく獰猛な光に満ちていた。

「……メスの方がデカいなんてのは魔獣にはよくある話だ。だがさすがに身長が倍以上もあるバケモンじゃあよ、オスのゴブリンに同情したくなっちまうぜ」

ゴブリンが咀嚼していたのは、明らかにまだ小さい、恐らくは人間か亜人の子供だった。仁悟はそれを認めた瞬間、自分の内に秘めた野性に火が灯るのを感じていた。

「おまけに醜悪なツラだ。まあテメェだけ特別ブスだっていうなら話は別だが」

魔獣には言葉など通じない。それは百も承知だった。それでも仁悟は悪態を吐くことで、自分の肚の底で沸騰する怒りが理性を溶かしてしまいそうなのを、なんとか抑え込んでいるのだった。

ゴブリンはそんな彼から向けられる激しい敵意を感じ取り、くわえていた腕を床に投げ捨ててから、グギッグギッと気味の悪い声を発して威嚇してきた。

「喰い足りないって言いたげな顔だがな、生憎それが最後の晩餐だ」

言いながら仁悟は、ゴブリンの腰に狙いをつけた。どれほど速い生物であっても、身体の中心と重心が重なる腰椎部分は回避が遅れる。それを理解してのことだった。

しかし彼が引き金を握り込んだ瞬間、それよりほんの一瞬早く動いたのはゴブリン。

「なにッ!?」

ゴブリンのスピードは、その体躯から推し量れる瞬発力を凌駕していた。弾かれたように横に飛び退いて、弾丸を避ける。

（こいつ、射線を読みやがった！）

魔獣は普通の生物よりも遥かに敵意に敏感である。目の前で貪り喰われる肉塊を見た仁悟はその感情を抑えることができず、それ故、引き金を引くより前に攻撃を悟られてしまったのだった。

舌打ちしてすぐに狙いを定め直す仁悟を嘲笑うかの如く、ゴブリンは闇の中で躍る。そして2発3発と放たれた弾丸がコンクリートの壁を削ったところで、ゴブリンは急激に角度を変えて仁悟に飛びかかってきた。

鋭い爪が斜めに振り下ろされ、咄嗟に頭をかばった仁悟の腕を抉る。

「くっ……！　速えじゃねえか！」

流血と痛みは、しかし彼の戦意を削ぐには足りない。むしろ闘争本能を掻き立てられた仁悟は牙を剥き出し、グルルと喉を鳴らすと逆に間合いを詰めた。

予想外の突進に面食らっているゴブリンの腹に前蹴り。革靴が隠れるほどめり込み、その反発でゴブリンの身体が一直線に吹き飛ぶ。コンクリートの柱に叩きつけられて怯んだ隙に、仁悟はすかさず銃を撃った。

「ギャウゥッッ！」

弾丸が肩に命中し悲鳴を上げるゴブリン。しかしそれでは終わらない。廻填魔導拳銃(エーテルリボルバー)に込められた弾には魔法が施されており、命中するとそれが体内で発動するのだ。

傷の周りの血管が膨れて浮き上がったかと思うと、直後に破裂。鮮血が散る。

仁悟は再び風の速さで間合いを詰めると、柱にもたれて苦しんでいるゴブリンの胸を足で押さえつけて、至近距離で眉間に照準を合わせた。

「ちょこまか逃げやがって。この弾1発いくらすると思っていやがる」

しかし止(とど)めの一撃が放たれる前に、ゴブリンは口を大きく開いて黄色い液体を彼に吹きかけた。

「!?……っく!」

その液体が銃を構えた手にかかった途端、皮膚を抉るような熱が仁悟を襲った。すえた臭いと煙。見る間に手が焼け爛(ただ)れ、彼はその激痛に耐えかねて思わず銃を落とした。

「ぐぅ……テメェ、こんな隠し技を――」

そうして仁悟の足が緩んだ隙に、ゴブリンは一目散に部屋の外へ。

「逃がすか……っ!」

仁悟は痛みに顔を歪(ゆが)めながら銃を拾う。そして歯を食いしばりなんとかその後を追おうと、彼が部屋の出口に差し掛かった時だった。廊下から響く数発の銃声。

「ナラさん!?」

仁悟が慌てて廊下に出ると、そこには銃を構えたままのヌーレンがいた。

「馬鹿野郎、神島。先走るなっつっただろうが」

「すみません……、ホラは？」

「上に逃げた。だが弾は当たったはずだ」

ヲーレンが顎で示した通り、垂れ流された血の跡は廊下を進むにつれて大きくなっており、それはそのまま奥の鉄扉から上階へと続いていた。

「追いましょう、ナラさん」

すぐさま走り出そうとする仁悟に、

「待て神島、お前その手――」

「油断しました」

「大丈夫なのか？　顔が蒼いぞ」

ヲーレンは少し心配そうな表情をみせる。しかし仁悟は痛みを誤魔化すように、ぎこちない笑みを浮かべて応えてみせた。

「大丈夫ですよ。月が出てる。でもナラさんは気をつけてください。あの猿野郎、口から酸みたいなものを吐きます」

ヲーレンが「ああ」と頷いて見やる廊下の窓。そこから射し込む月の光――。

ライカンスロープとは別名で狼男やウェアウルフ、あるいはリュカオーンとも呼ばれる。彼らはある特定の条件下においては、他の亜人を遥かに凌ぐ身体能力と、ほぼ不死身ともいえるほどの爆発的な自己再生能力を獲得する。そしてその条件とは月の光を浴びること。奇しくも今宵は満月だった。

*

　突入前のヲーレンの指示により集められた警官隊は、今やビルの出入口を封鎖し、サーチライトでビルをくまなく照らしていた。その大勢の人の気配と地上から向けられる眩い光を嫌がったがために、ゴブリンは階下ではなく屋上に逃げたのだった。

　フェンスも取り付けられていない屋上の縁はコンクリートが数十センチ高く盛られている程度の心許ないもので、少し足を滑らせただけで簡単に落下し、60メートル下の地面に叩きつけられ即死するだろう、というのは想像に難くない。

　そんな場所に自ら追い詰められることになったゴブリンは、銃を構えたままじわじわと距離を詰める仁悟とヲーレンに向かってギャアギャアと精一杯の威嚇をしてみせた。

「神島、気を抜くなよ。手負いの魔獣ってのは一番危険だ」

「ええ。ですがヤツはもう魔素弾を2発も食らってる。内臓までイカれて、そろそろ動くのも限界のはずです」

「それでもだ。手の具合は？」

「もう治りました。けどここじゃあ銃は撃てないですね」

台詞の通り、仁悟の焼けた手は月光を受けて既に完治していた。

「ああ。外せば弾がどこに落ちるか分からねえからな。素手でいくしかねえ。気合入れろよ、神島」

「もう入りまくってますよ」

二人はゴブリンの逃げ道を塞ぐように少し離れて位置取って、一歩ずつ慎重に距離を狭めていく。だが完全に決着がつくと思われたその状況で、仁悟とヌーレンのイヤホンに予想外の知らせが入った。それは切羽詰まった依吹の声によるものだった。

『こちら如月、緊急です！　外苑東通りに大型の魔獣が出現！　至急応援願います！』

「な――!?」

一瞬、二人が驚きの表情で顔を見合わせたその瞬間にゴブリンが跳んだ。

最後のあがきとでも言わんばかりの決死の覚悟で突っ込んできたゴブリンに、虚を衝かれたヌーレンの反応が遅れる。その肩をゴブリンの爪が切り裂く。

「ナラさん！」

「大丈夫だ！」と声を張りつつもヌーレンは苦い顔で距離を取る。

仁悟はほんの数秒にも満たない時間で思考を巡らせ、そして覚悟を決めるとゴブリンに向かい全力で疾走を始めた。それに気付いたゴブリンは標的を即座にヌーレンから仁悟へと変えると、真っ直ぐ突き出した爪で仁悟の心臓を貫いた。

「！　ごふっ――」

しかし仁悟は吐血しながらもゴブリンにしがみつき、ためらうことなく地面を蹴る。

「時間がないんでな。……テメェも道連れにさせてもらう」

一塊となった仁悟とゴブリンの身体は屋上の縁を越えて夜の闇に飛び出した。一層強いビル風にもみくちゃにされながら、仁悟は横目で空を見た。

「見ろよ、良い月だ」

月光とサーチライトに挟まれ、叫ぶゴブリンの奇声も虚しく、真っ逆さまに落ちてゆく2匹の獣。下で警備を固めていた警官隊がそれに気付いたとて、一瞬の出来事に対応する時間などはあろうはずもなかった。仁悟らの身体は凄まじい勢いでパトカーの上に落下してその車体を破壊した。

「…………」

しばし言葉を失う警官たちの前で、凹字になったパトカーの中から仁悟の声。

「……痛てて。——おい、誰か起こしてくれ」

慌てて数人の警官が車に上り、ルーフに空いた穴の中から彼を引き上げる。全身がゴブリンの血と体液にまみれ、自身も腕や脚があらぬ方向に曲がっている仁悟は、しかしそれよりも無惨に破けたスーツを気にして溜め息を吐いた。

「あーあ。これ経費で落ちんのかな……」

バキバキと気味の悪い音を立てながら無理やり身体を戻しつつ、車に残ったゴブリンの肉塊を見つめる。

（こっちはなんとか片付いたが……）

仁悟はボロボロになったスーツの襟を正しながらそばにいた警官に尋ねる。

「さっきの応援要請は？　状況はどうなってる？」

すると警官は困惑気味に答えた。

「そ、それが――」

＊

救急車のサイレンがこだまする。

六本木と麻布の中間、洗練されたビルやホテルが並ぶ外苑東通りは今や戦場と化していた。裏返ったパトカーが建物の入口を突き破り、折れた街灯はその下の車の屋根を潰し、あちらこちらで火の手が上がっている。

その惨事に見合うだけの負傷者もおり、うめき声や助けを求める声に救急隊員の声が入り交じる。野次馬などとうにいなくなって、今は所轄の警官隊が主となって道路を封鎖していた。

「下がってください！　危険です！」

依吹が前の警官に呼びかけながら、負傷して倒れた他の警官を強引に引きずり戻す。

バリケード代わりに横づけしたパトカーの陰に隠れ、両手で構えた拳銃とともに再び顔を出す。彼女が向けた視線の先には、道路の真ん中で雄叫びを上げる巨大な影があった。

（なんて強さなの……あれがゴブリンキング――）

体長は5メートルをゆうに超えていた。ゴブリンが持つ外見的な特徴は同じだが四肢の筋肉は桁違いに発達していて、とても同種の魔獣であるとは思えない。そしてその巨岩の如き肉体を持つゴブリンキングには、所轄の警官隊の攻撃はもとより、廻填魔導拳銃ですらほとんどダメージを与えられていなかった。

（弾が内部まで届かない。筋肉の硬さも厚さも、普通の魔獣とは別次元だわ）

車を引きずりながら、銃弾を物ともせずにズシリズシリと近寄ってくる姿に警官たちは怯み、そして恐怖に耐えられなくなった何人かが持ち場から逃げ出し始める。

「逃げるな！　俺たちがここを守――」

使命感と僅かに残った勇気にすがり声を上げた警官は、しかしその台詞を言い切る前にゴブリンキングが投げた車によって姿を消された。その様を目の当たりにしたせいで、辛うじて踏み止まっていた者たちまでもが蜘蛛の子を散らすように逃げ出した。

「防衛線が……このままじゃ街が……。せめて私が食い止めないと！」

パトカーの後ろに取り残された、というより自ら戦うことを決意してその場に残った依吹は、ベルトから短い杖を取り出すと両手で握り締め、祈るように需文を呟く。

「灼熱、熔銑の帯、豪炎の赤、灰を作る者、火の蜥蜴――」

彼女が言葉を重ねるたびに杖の先端が少しずつ赤みを帯びていき、やがて小さな火が灯る。それを確認した依吹は意を決して車の陰から飛び出し、燃える杖をゴブリンキングに向かって振りかざした。

「火属性魔法執行(エレメンタル・エルダー)！　炎は矢となれ！」

その言葉が発せられるや否や火種は激しく燃え上がり、まるで矢の如く勢いよく撃ち放たれた。その魔法の炎は命中すると渦を巻いてさらに大きくなり、ゴブリンキングの巨体を包み込む。苦痛の声が響き渡った。

依吹はその1発を放つと急激な疲れを感じ、よろよろとその場にへたり込む。

「やった……。上級魔法……なんとか成……功……」

離れていても届く熱風を感じながら、依吹は両手をだらりと下げて炎を見つめる。そんな彼女の後ろから、突如この場にそぐわぬ明るい声がした。

「ずいぶんと控えめな威力だが、筋は悪くないな」

振り向くとそこにいたのはサジュエル。その手には何故か紙包みのクレープが二つ。

「ろ、ロッシュさん？　なぜこんなところに……？」

「どうにも暇だったものでね。ところで君はこれを知っているか？　チョコバナナクレープとかいうものらしいが、今のところこの時代で僕が得た最大の収穫だ。一体どんな魔法を使えばこんな美味(おい)しいものが作れるのか、非常に興味がある。君も食べるかね？」

「いや今はそういう気分では――」

「ならいいが。それで？　次はどうするつもりだ？」

サジュエルが口元を生クリームで汚しながらそう尋ねたので、依吹は「えっ？」と目を丸くした。振り返ると立ち昇っていた炎は弱まり、灰色の煙の中から唸り声が聞こえた。

「そんな……！　あれだけ高火力の魔法を――」

「まだ子供だが、曲がりなりにも王の名を冠する個体だ。あの程度の魔法では死なないさ」

「子供⁉　あの強さでまだ子供だって言うんですか？」

「見れば分かるだろう、あれはまだ生まれたてだ。まあすぐに育つだろうが」

「じゃあもしあれが大人になったら――」

「君らにとっては少し厄介かもしれないな。王たる個体は眷属を使役するようになる。あのキングであれば、恐らく千のゴブリンは従えるだろう」

それを聞いた依吹は絶望の眼差しをゴブリンキングに向ける。

「ゴブリンが千匹……」

しかしそんな彼女の顔の横に、後ろからクレープが差し出された。依吹が無意識にそれを受け取りながら見上げると、サジュエルは親指についた生クリームをペロリと舐めた。

「だが案ずることはない。今この場には僕がいる」

そう言い放った彼は依吹の横を通り過ぎ、ゴブリンキングのもとへ真っ直ぐ歩いてゆく。

「ロッシュさん⁉　危険です！」

果たして依吹の言葉は予言となって、薄らいだ煙の中からサジュエルに向かって車が飛んできた。

「ロッ――！」

しかしそれはサジュエルの目の前で透明の壁にぶつかり、それに拡がった爆炎とともに弾け飛んだ。サジュエルは炎の中を平然と進みながら不敵に微笑む。

その姿にゴブリンキングは困惑した。何故ならこの世に生を受けてから数時間あまりで、彼は己の力が他者よりも遥かに優れていることを認識していたからだった。軽く殴るだけで小さい者たちは軽々と吹き飛び、捕まえて少し力を入れてやれば簡単に潰れて死ぬ。彼は「どうやら自分はとてつもなく強い生物らしい」と理解していた。

それなのに。目の前の小さな生き物は、自分を恐れるどころか自信たっぷりの顔で平然と向かってくるのだ。全力で投げつけた硬い物を弱々しい身体で容易く防いで、地面を埋める炎をものともせずに。

理解不能――その本能的な恐怖がゴブリンキングを後退らせた。それを見てサジュエルは苦笑する。

「王種ともあろう者が、みっともないな」

対してゴブリンキングは街灯の支柱を地面から引き抜き、近寄るなとでも言いたげにその鉄棒を振り回す。しかしサジュエルが軽く手を上げただけで、鉄棒は一瞬で腐食し、優雅な彼の身体に触れることなく散っていった。

「だがその反応は間違いではない、と言っておこうか。なぜなら魔法とは魔素を操る法であり、魔獣を滅する法でもある。それを極めている僕は君にとっての天敵に他ならない。そしてこのサジュエル・L・ロッシュは、あらゆる魔素を己が意思のみで操ることができる」

その台詞に反応したのは依吹だった。

「魔素を意思のみで……？　そんなことが……」

サジュエルは背を向けたまま彼女の言葉に応える。

「可能なのだよ、神性を持つ者であれば。つまりこの僕はたんなる賢者ではなく——」

彼は今にも逃げ出しそうなゴブリンキングの前で、優雅な動きで手を天にかざした。

「神の眷属だということさ」

すると空に、星々と見紛うほど大量の光の粒が発生した。それらは輝きを増しながら形を変え、ひとつひとつが神々しい光の剣となった。人智を超えたその魔法の美しさに、依吹は空を見上げながら息を呑んだ。

「天を埋める……光の剣……？　これは——!!」

*

ホラを倒した仁悟とヲーレンが急ぎ依吹のもとへと向かっているときだった。空は突如敷き詰められた光の群れによって彼らを、そして街全体を照らした。

「おい神島、なんだこれは⁉ 何が起こってる？」

「俺にだって分かりませんよ！ それより急がねえと！」

その現象に車も人も立ち止まっている中、仁悟がヲーレンに先立って目抜き通りへと辿り着くと、へたり込んだまま空を見上げる依吹とその先のサジュエルの姿が見えた。

「如月、無事か⁉ こりゃ一体なんの――」

「これって、第三禁呪クラウ・ソラス……？」

依吹が呟いた言葉に「正解だ」とサジュエルが頷く。間もなく夜空を埋めた光の剣は、その切っ先をたったひとつの目標であるゴブリンキングへと向けた。

「少し早いが閉幕だ。ご退場願おう」

サジュエルは指をパチンと鳴らす。それをきっかけに降り注ぐ光の剣。断末魔の声を上げる暇も与えず、殺到したその刃はゴブリンキングの全身を一瞬で細切れにした。飛び散らんとする肉片までもが無際限に斬り刻まれ、そよ風で吹き飛ぶほどの塵となる。

「ど……どうなってやがんだ……？ 今のがキングだったのか？」

呆けた様子の依吹を前に、仁悟は遅れて駆け付けたヲーレンと顔を見合わせた。

＊

半壊した建物や裏返った車から立ち昇っていた火は駆け付けた消防隊員に間もなく消し止められたものの、外苑東通り一帯には未だに焦げ臭さと白い煙が残っていた。

ひっきりなしに往復していたストレッチャーが次第に姿を消してゆき、やがて最後の負傷者を乗せた救急車が現場を去ると、そこに残ったのは仁悟と依吹と、少し離れたところでガードレールに腰掛けているサジュエルだけだった。

「あれ、楢橋さんは？」

「ナラさんなら事後処理が山盛りだとかって署に帰ったよ。少しは休めばいいのにな」

「ホントそうですよね。あーでも私も報告書書かないとだー」

「俺なんか報告書だけじゃなく始末書もだよ。ビルの屋上から飛び降りて、パトカーまるまる1台ぶっ潰しちまったからな」

「相変わらず滅茶苦茶しますね……」

「ああ滅茶苦茶だ。だがようするに今回は、そういう事件だったってことだろ」

「たしかに、そうですよね……。それにしても――」

依吹は遠くで何やら考えに耽っているサジュエルを見つめながら言った。

「あの人は一体何者なんでしょう？　ゴブリンキングを消滅させたあの魔法、あんなの軍事兵器レベルですよ。もしあれが本当に禁呪なのだとしたら――」

「さあな。分からないなら本人に直接訊けばいいんじゃないのか？」

仁悟はそう言ってサジュエルに声をかける。

「おいクソエルフ！　ちょっと来い！」

するとサジュエルは二人の方にちらりと顔を向けてから、人差し指で招くような仕草をした。仁悟らは彼が何か発見でもしたのかと、逆にサジュエルのもとへ歩いていく。

「なんだよ、なんかあったのか？」

「別に何もない。何か用があるのは君たちだろう。だったらそっちが来るべきだ。いちいち僕に足を運ばせるな」

「お前……マジか。何様なんだよ」

仁悟が半笑いで額に血管を浮き上がらせたので、依吹が慌てて割って入る。

「すみません！　そうですよね、こちらは助けていただいた身ですし。失礼しました」

「解ればいい。そっちの仔犬くんはちゃんと躾けておきたまえ」

「ああ？　誰が仔――」

「まあまあまあ、抑えて抑えて。そんなんじゃ話が進みませんよ神島さん」

「……チッ」

ふてくされて横を向く仁悟をなだめつつ、依吹はサジュエルの顔を見て問う。

「ロッシュさん。端的にお訊きします。あなたは一体何者なんですか？」

「言っただろう？　僕はアールヴの賢者だ。かつて勇者ライザスらとともに魔王を倒し、その魔王の再臨から未来を守るため永い眠りについた。そして目覚めたのがこの時代だったというわけさ」

「勇者と魔王を……？　たしかそれはライオネル一世だったはずですが……」

「君らがどう認識しているかなど関係ない。だが真実だ」

「ではあなたが使ったあの魔法は、本当に伝説の魔法——第三禁呪クラウ・ソラスということですか？　まさか実在するとは思いませんでしたが」

　するとそこで仁悟が囁くように依吹に尋ねた。

「そういや、そのナントカ禁呪ってのは何なんだ？」

「禁呪というのは過去に存在したとされる伝説の魔法です。ライオネル一世は使えたという話もありますが、理論も需文の構築法も不明なので、今では都市伝説みたいな扱いになってます。でも実際にあったとすれば、それは現代の科学や魔法学の常識、あるいは世界の理すらも覆すようなものなんです。だから各国の憲法や国際法でも一切の使用が禁止されているんです」

「なるほど。あの光の剣がそれだったってのか」

「確証はありませんけど……。禁呪というのは全部で四つあるとされていて、第一から順に危険度が増していきます。あのクラウ・ソラスは第三禁呪なので、軍事的に見れば戦術兵器に相当します」

「マジか。小型核レベルってことかよ……」

そんな二人のやり取りを聞いていたサジュエルは、なにやら呆れたような少し大きめの溜め息でそれを遮った。

「どうも君らは勘違いをしているようだ。クラウ・ソラスを含めて恐らく君らが禁呪と呼んでいる魔法は、そんな危険や破壊を伴うようなものではない。たんに僕オリジナルの魔法、というだけだ。当然僕にしか使えないから他者の使用を禁ずる必要もない」

「では、やはりあれは禁呪なんですね？」と依吹。

「まあ呼び方は好きにすればいい」

彼女としてはサジュエルのオリジナルの魔法という部分に興味が惹かれないでもなかったが、それよりも今は警官として、彼が禁呪を使ったという事実に重きを置いた。

「ではサジュエル・L・ロッシュさん。まずあなたが私たちの捜査と魔獣の討伐にご協力してくださったことには感謝します。ですがあんな魔法を扱える人間を、たとえあなた自身に害意がなかったとしても、市民の安全を守る身として見過ごすことはできません。よって、このまま帰すこともできません」

真っ直ぐな眼差しできっぱりと断言する依吹。だがサジュエルはその目を正面から受け止めて尚きっぱりと応えた。

「僕が魔法を使うのは僕が賢者だからだ。解るかね？　自身を定義するのに他人の許可など必要ない」

「ロッシュさん……そういう言い分は聴くつもりですが、あなたが禁呪使用の容疑者である以上、我々はあなたを——」

言いかけたとき、依吹の全身が震えた。体中の毛穴が開いて総毛立つような感覚は、恐怖というより感動したときのそれに近い。そしてその理由はいわずもがな目の前のサジュエルにあった。

「僕を？　どうするというのだ？」

彼の瞳は金色に輝きただ静かに依吹を見据えていた。たったそれだけのことで、しかし依吹は呼吸すら忘れ、意識が遠のくような感覚に陥った。よろめく彼女の肩を傍らの仁悟が素早く支えて、サジュエルを睨む。

「テメェ、なんかしやがったな。……大丈夫か、如月」

「え、ええ、なんとか……」

言いながらもふらつく依吹。サジュエルは怪訝そうな仁悟に一瞥をくれてから言う。

「ほんの少しだけ、神の威光を見せてあげたのさ。神性を持たない普通の人間であれば歓喜で気を失うはずだが、よく耐えられたものだ。心が強い」

驚きか称賛か、サジュエルは微かに笑みを浮かべてそう言うと、小さく指をパチンと鳴らしてみせた。その直後に依吹の心身は確かさを取り戻し、彼女が再びサジュエルを恐れることなく見つめると、サジュエルは微笑みのまま今度はごく自然にその視線を受け止めた。

「正直この時代にはもう用がないかと思っていたが、しかし君のその、神の威光にすら屈せぬ責任感と意志の強さは敬意を払うに値するな」

彼はおもむろに腰を上げてローブの裾を軽く払ってから、

「――明後日の昼、君たちの本拠地で待っていたまえ」

それだけを言い残し、引き留めようとする仁悟らの声を無視してその場を立ち去っていった。

＊

格式高い執務室。毛足の長いカーペットと棚に飾られた表彰楯。嫌味な派手さはないものの豪華であることに間違いはない。

「悪いな栖橋。忙しいところいきなり呼び出して」

部屋奥に鎮座する大きなデスクで、御々嶽宗介は書類にサインをしながらそう言った。

手前の応接机にはヲーレンが畏まる様子もなく座っている。

「警視総監様直々のお呼びとありゃあ、いち刑事ごときに文句は言えねえよ」

「そんな言い方をするな。討伐部隊からのよしみだろ」

「まあな」

ヲーレンは小さく笑って、棚の上に飾られた写真立てに目をやる。そこには軍服を着て肩を組んだ、若き日の彼らの姿があった。

「早えな、あれからもう40年か……。それでなんの用だ？　例のゴブリンの件か？」

「それもある。が本題は別だ」

宗介は書類を片付けて顔を上げる。見た目的にはヲーレンと同じぐらいの年齢のエルフで、気難しそうな雰囲気を纏ってはいるものの表情は穏やかな男だった。

「今朝、魔法庁から連絡があった。サジュエル・L・ロッシュという人物についてだ」

「例のエルフの旦那か」

「ああ。かの御仁に対して、我が国は一切の強制ないし権力を行使しないという話だ」

「なにぃ？　あれだけの魔法を使った人間を野放しにするってのか？」

「俺も最初は耳を疑った。しかしこれは決定事項であり命令だ。非公式だが内閣府の承認も得られている」

「そんな馬鹿な話があるかよ。俺らより世間が黙っちゃいねぇ」

「もちろん彼の情報やその処遇についても公にはしない。一昨夜の事件は既にテレビやネットでも取り沙汰されているが、メディアにはすぐに圧力がかかるはずだ」

「動画や写真はどうする？　もうかなり出回ってるだろう？」

「サジュエル氏の顔が映っているものはない。それに報告では、やったのが誰であれ世間は概ね彼に対して好意的という話だ。凶悪な魔獣を倒した英雄だからな」

「そりゃまあ、そうかもしれんが……」

ヲーレンは唸りながら頭を掻く。助けられたとは言っても、本来自分たちが行うべき仕事を部外者に持っていかれたというのは、獣対をあずかる彼としては釈然としない。

「楢橋、気持ちは分かるが受け入れろ。なにせ今回の決定には、政治的というより経済的な圧力が働いているらしい。そもそも最初に魔法庁へ働きかけてきたのは、イギリスのテイターニア家からという話だ」

「テイターニアだと？　世界屈指の財閥じゃねえか」

「ああ。あそこの当主は私人でありながら、世界中のどの公人よりも強い影響力を持つと言われている。各国の王族や大統領、もちろん総理大臣よりもな。今回の働きかけはその当主本人から直接なんだそうだ。あの御仁はどうもその血縁者らしい」

「なんてこった……そりゃ保身ばかりのお偉いさんじゃ逆らえねえわけだ」

「まあとにかくそういうことだ。彼は自由にさせておけ。逆らえばクビが飛ぶ。獣対の室長であるお前でも、警視総監の俺ですら例外なくな」

眉間に皺を寄せて念を押す宗介に、ヲーレンは「やれやれだ」と溜め息を吐いてみせた。

＊

「まったく、いつ来るんだよあのクソエルフ」

警察署の前で立哨の警官と一緒に立っているのは仁悟と依吹。彼が腕時計に目をやると、時刻はそろそろ13時になるところである。

「昼休みが終わっちまったじゃねえか。飯も食ってないのに」

「まあ仕方ないですよ、上からの厳命なんですから。これも仕事です」

「真面目か、如月」

そうして仁悟がぐだぐだと依吹に愚痴をこぼしていると、しばらくして見慣れぬ風体の男性が彼らに近寄ってきて声をかけた。

「出迎えご苦労、仔犬くん。少し待たせたようだ」

二人がそちらを見やると、そこにはダークグリーンのスリーピースを着て白い革靴を履いた男が立っていた。煌びやかな金髪は風になびかせ、その手には黒檀のステッキを携えている。

「お前、どうしたんだその恰好――」

満足げな表情で微笑む彼は、紛れもなくサジュエル・L・ロッシュその人だった。

「奇抜すぎるだろ。つーか『仔犬くん』ってなんだよ」

「君の呼び名だ。ちなみに英語では仔犬という単語に『生意気な若者』という意味もあるらしい。君にはピッタリの呼び名じゃあないかね」

その台詞に仁悟が嚙みつくより早く、依吹が何かに気付いた様子で言った。

「あれ？　ロッシュさん、翻訳の魔法を使ってないんですか？」

「もちろんだとも。あれは応急措置みたいなものだからな。しかしもう覚えたので使う必要はない」

「覚えた——って日本語を⁉ たったの2日でですか？」

「2日もあれば言語のひとつくらいは習得できる。なにせ僕は賢者だから」

「いや賢者だからって……」

呆気（あっけ）に取られている依吹の横で仁悟が口を出す。

「で、お前は何をしに来たんだ？ 例の一件に関しては不問にしろと指示があった。俺は納得してないがな。とにかくウチらはもうお前に用はないってことだ」

「なんだ聞いていないのか。僕は君たちに協力することにしたのだ」

「はあ？ なんだそりゃ？」

「僕はもともとこの世界を魔王から守るために目覚めて……まあ色々と手違いはあったが、少なくともモンスターによる危険はまだ残っているようだし、手段や手続きはともかくモンスターから世界を守るという目的は同じなのでね。だから協力するのだ。深謝したまえ」

「ふざけるなよ。誰がそんなこと——」

仁悟の言葉を彼の携帯の着信音が遮る。彼は画面を確認するとすぐに電話に出た。

「……はい神島です。……は？……はい、一緒ですが……分かりました。了解です」

短い通話を終えると彼は下を向いて頭を抱えた。その様子を見て依吹が尋ねる。

「楢橋さんからですか？」

「ああ。上からの命令で、このクソエルフが本日付けで六課の特別捜査顧問になったそうだ」

「えぇっ⁉　ロッシュさんが？　凄いですね！」

「凄いっつーか、あり得ないだろ。……マジで悪夢ってやがる……」

どんよりと肩を落とす仁悟と、驚きの眼差しでサジュエルを見つめる依吹。

「まあそういうことだ。ところで仔犬くん、君らが所属している組織は何という名前だ？」

「知らないで入ったのか。なめてるな」

「私たちが所属しているのは、警視庁刑事部、魔法及び魔獣事犯捜査第六課内、魔獣対策室。通称『獣対』です」

横から依吹が伝えると、

「なるほど。ではさしづめ今日から僕は『獣対の賢者』といったところだな」

サジュエルはそう言って満足気な笑みを浮かべた。

第二章

東京都警視庁には刑事部、交通部、地域部、公安部などの様々な部署があり、刑事部ではさらに取り扱う事犯の種別ごとに、例えば殺人事件を担当するのは第一課、詐欺や横領などの知能犯の担当は第二課、などと捜査課が分かれている。

「魔法や魔獣に関わる犯罪を捜査するのは捜査第六課。その中で私たち魔獣対策室――つまり『獣対』は、その名の通り魔獣が関連する事件を主に担当しています。現在の構成メンバーは3名。室長が楢橋さんで、あとは神島さんと私です」

小会議室のホワイトボードに書いた組織図をペンで指しながら依吹はそう語った。一方サジュエルは彼女の前の机に座って優雅に脚を組んでいる。

「随分と少ないな」

「六課自体はそれなりにいるんですけどね。魔法課と呼べば響きもいいですし。でも獣対に関しては捜査内容というか、対象があまりに危険なので志望者がいないんです」

「なるほど。しかしモンスターの数は昔よりかなり減っているはずだ。この時代には魔王がいないのだからな」

「その通りです。ロッシュさんは当然ご存じかと思いますが、魔獣というのは魔素の影響によってＤＮＡが突然変異した生物のことです。これは先天的にも後天的にも突然起こり得ることなので、いつどこで魔獣が発生するか、という予測は極めて困難です。しかしその変異のきっかけになりやすいとされる『魔素溜まり』は、魔王がいた時代に多く見受けられると言われています」

依吹はホワイトボードに単語を挙げ連ねてから、魔王の文字を横線で消した。サジュエルは静かに頷く。

「前回の魔王は40年前に君らが倒し、それ以前には700年前に僕が勇者ライザスとともに倒している。魔王不在の期間がこれだけ長ければ、モンスターの発生は決して多くないはずだ。そもそも魔王を倒さなくてはならない最たる理由のひとつがそれなのだから」

「魔王は存在するだけで無尽蔵にモンスターを生み出す——魔王が災厄の根源と呼ばれる所以ですね」

「魔王が意識的に魔素溜まりを作っているわけではないがね。しかしそれにしてもモンスターの数が減っているのに何故、君らのような組織が必要になる？」

サジュエルの質問に依吹はうーんと小首を傾げる。市民を危険から守るため、という理由であるのは間違いないが、魔獣が危険なのは現代に限った話ではない。それを前提としてサジュエルは問うているのだから、つまり彼の知る時代と現代との違いが理由になるのだろう。依吹はそう判断した。

「たしかに魔獣はかなり減少しています。外国では保護区すら設けられているぐらいですから。でも昔のような剣と魔法が全盛だった時代と比べると、今は『戦う』という行為そのものに馴染みがないんだと思います」

「戦闘に……？　馴染みがない？」

「はい。この世界に戦争がないなんていうことはありませんが、一般的に言って武器を持って命のやり取りをするというのはかなり特殊な状況です」

「ふむ。平和ゆえに生まれる問題もあるのだな」

サジュエルはしばらく俯いて考え込んでから、はたと顔を上げた。

「では魔法は？　見たところこの時代の魔法使いはかなり低質化しているようだが」

「そうですね……。かつての剣と魔法の時代と比べるとそうかもしれません。現代において魔法はスポーツというイメージが一般的なぐらいです。競技魔法はオリンピックでも人気種目ですから」

「嘆かわしいな。だが何故そんなことになった？　魔法は戦いに限らずとも有用なはずだ。杖1本あれば火を起こすことも、宙から水を取り出すこともできるのだから」

サジュエルがそう言うと、依吹はその質問を予期していたかのようにポケットからライターを取り出す。

「――何かね、それは？」

彼女は「ライターです」と答えながらスイッチをカチリ。小さく灯った火が揺らめいた。

「ご覧の通り、これは誰でも簡単に火をつけることができる道具です。勿論この程度の火力であれば初級魔法士でも起こせますが……ロッシュさんは、これを普通の人間が魔法で再現しようとしたとき、どれぐらいの期間が必要だと思いますか？」

「そんなもの、余程素質に恵まれない者でなければ3日もあれば使えるようになる」

「実践練習だけであれば、ですよね。しかし現代ではまず魔法科のある学校か、魔法指導資格者が在籍する魔法教室に入り、初等魔法学という魔法に関する知識の習得から始めなくてはいけません。実践はそれを学びながら進めるので、恐らく2週間はかかると思います。そして仮に技能として使えるようになったとしても、指導監督下を離れて魔法を行使するには魔法技能士の免許が必要になります。これは魔法庁が年1回実施している魔法技能士試験に合格することで得られますが、初級魔法士免許を取得するための条件は魔法経験6ヵ月以上。つまりこの期間がそのまま『魔法未経験者が魔法でライターと同等の火を起こせるようになる』ための最短期間ということになります」

依吹の説明が進むに連れて曇っていったサジュエルの表情は、彼女が説明を終える頃には呆れ顔を通り越して無表情になっていた。

「なんて馬鹿げた話だ……。その程度の魔法を使うのに半年も要するというのか。それでは魔法を覚える理由が——」

「そう、無いんです。火はライターで起こせますし、水は蛇口を捻れば出る。その他生活に必要なものも電気を利用して解決できます。しかも修練を要さず、万人が同様にその恩恵を受けられるんです」

「それが科学というやつか」

「そうです。700年前に勇者ライザス——とロッシュさんによって魔王が討伐された後、錬金術師パラケルススの影響で学問は魔素から元素に重きを置くようになりました。結果としてそれが科学発展の礎に」

「だがそのせいで魔法使いが減り、魔法も廃れてしまったということか」

　サジュエルは悲嘆の色濃く溜め息を吐く。依吹は何となく申し訳なさそうな顔をしてから付け足した。

「ただ今の話は詠唱式の魔法に関して言えば、という話です。記述式のいわゆる魔法陣に関しては変わってきています」

「というと？」

「現代ではインターネットやSNSが普及したことで、昔なら秘術として扱われていた魔法も公になりつつあるんです。『科学の発展が魔法を蘇らせた』なんて言う人もいるぐらいです。魔法陣だってデータさえあれば、誰でも印刷して使用できてしまう」

「機械仕掛けの魔法陣、といったところか」

「ええ。もちろん魔法専用のインクとプリンターが必要ですし、そういうのを買うには市民IDやマイナンバーの登録が必要だったりするんですが。ただ——」と今度は、依吹の表情がわずかに険しくなる。

「最近ではそれらの厳しい規制が、逆に闇取引の温床にもなってしまっているんです。記述式は詠唱式のような強い効果はありませんが、使い方次第では今までにないタイプの犯罪を生む可能性もあります。魔法を学ぶ者としては残念なことですが……」

「なるほど。しかし話を聞いていると、どうにも科学というやつは、進歩するほど人のあり方を悪い方に促しているようにも思えるな」

「否定はできません。便利なのは間違いないんですけどね」

二人がそんな話をしているところで、部屋に備え付けてある電話が鳴った。依吹がそれに出て少し応答してからサジュエルに伝える。

「ロッシュさん。ロッシュさん宛てで荷物が届いているそうですけど？」

「ああ、やっと来たか」

＊

六課の部屋に押し寄せる段ボール箱。格式ある机や調度品の数々。それらの配送業者の列は部屋から溢(あふ)れ出て廊下の先にまで延々と続いていた。その光景を目の当たりにした仁悟は目を丸くして叫んだ。

「なんじゃあこりゃあああっ！　なんなんだ、この荷物！　誰がこんなモン……」

するとそこへサジュエルがひょっこりと顔を出す。

「君たち、運ぶのはこの部屋じゃない。もうひとつ上の階だ」

「ちょっ、お前かクソエルフ！　なんだよこの荷物は！」

「……？　馬鹿なのか君は。見て分からないのか？　これは机、あれは椅子だ。僕が使う。それと向こうの絵画は部屋に飾るのだ」

「かっ……必要ないだろ⁉　お前のデスクはそこに用意してやったんだから！」

仁悟はごった返した捜査課の部屋の隅にある、使い古しのスチールデスクを指差した。

「あれ使えよ、あれ！」

「嫌だ、あんなものは僕には相応しくない。それにそもそも、この部屋はどうにも人が多すぎるのだ。煩すぎてまったく集中できない」

「お前の都合なんか知るか。皆ここで汗水垂らして働いてんだよ」

「それが嫌だと言っているのだよ。君はヨダレを垂らして走り回っていれば楽しいのかもしれないがね、仔犬くん。そういうのは僕には無理なのだ」

「無理も何もないんだよ。それと人を頭の悪い犬みたいに言うんじゃねえ」

他の警官の目も忘れ苛々が過熱する仁悟だったが、一方のサジュエルは淡々と悪びれる様子もなく至って真面目な顔。実際のところ彼には全く敵意や悪意は無く、ただ思ったことをそのまま口にしているだけなのだったが、尚更それが仁悟を腹立たせるのだ。

ややもすると捜査課の一角は剣呑な雰囲気で満たされ、周囲の職員からの視線にも冷たさと苛立ちが増してくる。そんなところで、二人の後ろから現れたのは獣対室室長のヨーレンだった。

「おい神島、喧嘩なら人のいねえとこでやれ。ここをどこだと思ってやがんだ。それにロッシュの旦那も、あんまりこいつを煽らねえでください」

「僕にそんなつもりはないのだが、留意はしておこう。ところで室長、部屋の準備は出来ているかね？」

「ええ。もう運び込んでくれて大丈夫です」

そのやり取りに首を傾げた仁悟が問う。

「ナラさん、なんですか準備って。まさかマジでこの荷物入れるつもりなんですか？」

「ああ。上の資料室を空けるよう指示があってな、獣対は全員、ここの大部屋からそっちの部屋に移ることになった」

「マジですか……」

そうして洗練されたアンティーク調の机や椅子や棚、果ては絵画やシャンデリアに至るまでが運び込まれ、サジュエルの「それはこっち。これはあっち」という指示の下に出来上がった獣対の執務室は、まるで西洋貴族の応接間のような仕上がりになった。

「ふむ。こんなところだろう」

満足げに頷くサジュエルの横で言葉を失う仁悟。しかしヨーレンや依吹はといえば、まんざらでもない様子で早速自分の席に着いて、

「まあ悪かねえわな。椅子は少し高いが」

「凄(すご)いじゃないですか！　素敵ですね！　お花でも飾ろうかな」

　などと言いながら、その新しい貴族部屋を堪能(たんのう)する。

「マジか……。もういいや、俺、外回ってきます」

　呆れた仁悟がどんよりと肩に雲を乗せて出ていくと、それを見た依吹が「そういえば」と思い付いた様子で手を叩(たた)いた。

「ロッシュさん、街の様子を見たいって言ってましたよね。私たちも行きませんか？」

＊

　ハンドルを握る依吹は信号待ちの間、助手席のサジュエルをちらりと見やる。窓枠に頬杖(ほおづえ)をついて外を眺めている彼の姿は、まるで一枚の絵画のようだった。

（エルフってもともと美男美女ばっかりだけど――）

　サジュエルの容姿はその中でも抜きん出て美しい。ただそれは異性に対して口にするような意味よりも、芸術作品を称賛するときに使う意味合いに近い。もちろん生物としても魅力的なのは間違いないが、あまりにも造形が整い過ぎているとかえって非現実的に感じた。

　しかしサジュエルは自分がそんなふうに想われていることなど知らないか、あるいは知っていても気にも留めない様子で、行き交う人々や流れる景色を観察しているのだった。

「どんなところを見たいですか？　ロッシュさん」

「……そうだな。科学とやらにも興味があるが、それより僕がいた時代から今に至るまでの歴史を知りたい。勇者がどう語り継がれているのかも知っておきたいしな」

サジュエルは外に顔を向けたまま話す。

「歴史ですか。じゃあ国立魔法図書館はどうですか？　永田町なのでわりと近いですよ」

「嫌だ。僕が最も忌み嫌うもののひとつは『無駄』だ。その省だの庁だのという類の組織は、手続きがやたらと面倒な上に不自由な場所だと聞いている。僕は無駄な時間を使いたくない」

「まあたしかに一理あるかも。省庁関係は規則に厳しいところですからね。でもそうなると一般の施設とか、それか観光スポットとかになっちゃいますよ？」

「それでも構わない」

「じゃあ上野の魔獣博物館か、丸の内の魔法史資料館あたりかな……。ああそういえば、今ならお台場でライザス展っていうイベントをやってますよ」

「ふむ、それは面白そうだな。どんなところだ？」

「たしか勇者ライザス所縁の品を展示しているイベントです。私は見に行ったことはないんですけど、子供から大人まで結構人気らしいですよ。展示品の中には、彼が二代目の魔王を倒したときに用いたと謂われる聖剣も――」

「三代目だ」

「……え？」

依吹が話している最中にサジュエルが声を被せてきたので、彼女は思わず聞き返す。

「三代目って？　魔王がですか？」

「そうだ。ライザスが倒したのは二代目ではなく三代目の魔王――マルコシアスという名の堕天使だ。そもそもそれ以前の魔王がいた時代には勇者などいなかった」

「そ、そうなんですか。さすが賢者というか、よくご存知ですね……」

「マルコシアスはもともと僕と同じ天界の住人だからな。昔から粗野で乱暴だったが役割はきちんとこなす、不器用だが誠実な男だった。堕天して魔王となった後でさえ、それは変わらなかった」

サジュエルは変わらず窓の外に顔を向けたまま言った。しかし彼にしては珍しく、その声からはそこはかとない哀愁か憐憫のような響きが感じられた。

「……魔王が誠実って、なんかイメージしていたのと全然違いますね」

「700年も伝聞を重ねれば、真実などごく一部しか残らないのさ」

二人を乗せた車はレインボーブリッジを渡る。橋の上からは、晴れた港湾の景色に映える大きな建造物があちらこちらにいくつも見えた。

「あ、見えました。あれです、あそこの白いビル。あの中でイベントをやってるんです」

依吹が示した先には、ねじれた形の、塔と呼んでも差し支えない高層ビルがあった。

セレスティアルタワーと呼ばれるその建物に近付くと、間もなく大勢の人々の姿が目に入る。駐車場から植栽と広い遊歩道が続き、大きなエントランスの前まで来たサジュエルは感心した様子でそれを見上げた。

「大したものだな。人が紡ぎ、手を取り合って創り上げたものというのは」

広々として吹き抜けになったエントランスホールに入ると、そこは人間も亜人も種族を問わず大勢の者たちで賑わっていた。来訪者は種族の入り交じった家族や恋人も少なくなかったが、その中で特定の組み合わせだけが見当たらないことに、サジュエルはすぐに気づくのだった。

「ふむ。この時代になってもエルフとドワーフは仲が悪いのか」

「そうですねえ。昔からいがみ合うことを『エルフとドワーフの仲』なんて言いますし。まあ種族が違うと文化も違いますからね」

依吹がそう言うとサジュエルが「それは違う」と首を振る。

「正確に言えば彼らは別の種族じゃあない。もともとドワーフはエルフと同じ種族だ」

「え、そうなんですか⁉ だって外見が全然違いますよ？」

「背の高さと耳の形ぐらいだろう。その程度の身体的特徴など、環境によっていくらでも変わるものさ。そもそも君はドワーフという名前の由来を知っているかね？」

「さあ……？ 大昔はドヴェルグと呼ばれていたということしか……」

「そのドヴェルグの語源は、古アールヴ語で『悪いエルフ』という意味だ。罪人を表す言葉でもある。そして昔のエルフの国では、重罪人は地下鉱山に閉じ込めて一生働かせるというのが決まりだった」

「一生を鉱山の中で……？」

「ああ。だがそうして閉じ込められる罪人が少しずつ増えていくうちに、彼らは彼らなりの文化を築いていったのだ。そして代を重ねるうちに身体も環境に適応して、ああいう短身で頑健な肉体になった」

「それで耳も丸く？」

「エルフの耳というのは本来、森の精霊の声を聴くためのものだ。地下世界での生活には不要だし、むしろ邪魔だったのだろう。つまりエルフとドワーフというのは、元を辿れば善良な市民と犯罪者の関係なのだ。それが隔てられた世界で和解することなく、互いに独自の文化を形成しつつ発展した」

「なるほどぉ。それじゃ仲が悪いわけですね。でもそんなの歴史の授業でも習いませんでしたよ」

感心しつつも小首を傾げてみせる依吹に、サジュエルが付け加えた。

「言っただろう、真実は受け継がれないと。だから今となっては、彼らは自分たちの怒りや嫌悪がどこからきているのかすら分からないまま、ただ闇雲にお互いを嫌っているのだ。まったく愚かしいことだ」

「でも楢橋室長はドワーフですけど、そういう感じしませんね」

「彼のことはよく知らないが、性格はあまりドワーフ的とは言えないな。無論良い意味でだ。恐らくどこかで他の種族の血が混ざったのか、あるいはエルフの良き友人でもいるのだろう」

二人が立ち止まってそんな会話をしていると、どうやらその様子が行き先に迷っているように見えたのか、案内係の札を付けた女性が寄ってきて「お困りでしょうか」と声をかけてきた。

「いえ大丈夫で——あ、そうだ、ライザス展は何階ですか？」

＊

薄暗い空間の中、数メートルおきに展示された品々をダウンライトが照らし出している。汚れた革手袋や古い文献、一部が修復された軽鎧(けいがい)、戦闘の瞬間を切り取ったミニチュアなどがそれで、他にも当時の宿屋の一室を再現した部屋などもあった。

順路に沿って進み、ガイド音声とともにそれらの展示物を観覧してゆけば、かの勇者ライザス・ルーゼシオンの冒険の軌跡を辿ることができる。それがこのイベントの肝だった。

「最後の魔王との戦いは3D映像で楽しめるそうですよ。聖剣の実物も奥に展示してあるみたいです。なんかワクワクするなあ」

名目としては新任の特別捜査顧問であるサジュエルの視察案内だったはずが、依吹はそんなことなどすっかり忘れてしまった様子で、それどころか当のサジュエル本人よりもこの場を楽しんでいる。

「それではこちらの入口から順にお入りください」

入口に立つ案内係がうやうやしく促すと、

「いきましょう、ロッシュさん」

依吹は待ちかねた様子でサジュエルの手を引いた。そして中に入ってからも、展示品をまじまじと見ては「ほうほう」などと頷いていた。しかしそうして勇者の足跡を辿ってゆくうちに、サジュエルの顔が段々と不機嫌そうになってくる。

「酷いな。これは」

「なにがですか？　ロッシュさん」

「なにもかも間違いだらけだ。それを見てみたまえ。そこに描かれている絵を」

サジュエルに言われて依吹が壁に飾られた絵を見てみると、そこには勇者一行が焚火を囲んで食事をしている様子が描かれていた。

「これがどうかしたんですか？」

「ライザスはあんなふうに肉を食べたりしない。彼は肉嫌いでいつも干し肉を無理やり僕に押し付けて、自分はパンと豆のスープばかり食べていた」

「そ、そうなんですか……」

「それに彼はドワーフの里にも行っていない。僕らがドワーフの長老と最初に出会ったのはエルタイだ。ライザスが皆の意見を聞かずに腐ったキノコを食べて、腹を壊して動けなくなったので仕方なく立ち寄ったティラの村だ。そこで看病してくれた娘にライザスが夜這いをかけようとしたとき、ドワーフの長老に捕まったのだ」

「なんか勇者のイメージが……」

まくし立てるサジュエルに依吹は目を丸くしつつ、

「――ところでここの説明にはロッシュさんの名前が全然出てきませんね？　それらしき人物はいますけど、やっぱりライオネル一世になってます」

依吹が言う通り、勇者一行として展示されている等身大の像や絵の中には、エルフの魔法使いらしき者の姿はあるものの、台座のプレートに書かれている文字は世に広く知られる『ライオネル・ティターニアI世』の名前だった。外見に関しても、耳はエルフらしく横に伸びて三角に尖っているし、昔の魔法使いらしい貫頭衣のローブも着てはいるが、サジュエルの特徴としては一番分かり易いであろう190センチ近い高身長が反映されていない。むしろ一般的なエルフよりも少し低いようにすら見える。

「それはそうだ。僕がそう命じたのだ。僕という存在を後世に一切伝えるなと」

「え？　じゃあこの有名なライオネルI世は？」

「彼は僕の甥だ」

「え……。――ええっ⁉」

思わず大声を上げてしまった依吹は、周囲からなにごとかと向けられた怪訝の目に、申し訳なさそうに何度も頭を下げる。

「甥って。だってライオネルI世って言ったら、あの世界屈指の財閥、ティターニア家の初代当主ですよ？」

「どうやらそうらしいな」

「そうらしいな、じゃないですよ……」

しかしその話でなんとなく依吹は、ここ最近のサジュエルに関する滅茶苦茶な辞令や明らかに超法規的な対応の理由を悟った。どう連絡を取ったものかはともかく、つまり彼は先祖としてティターニア家を後ろ盾に、政界や財界に便宜を図らせたのだ。

「――でもロッシュさんはなんでそんなことを？　勇者一行としてそのまま名前を残せば、こうやって偉大な英雄として後世に語り継がれる存在になれたのに」

「別に僕はそんな肩書きに興味はないし、英雄になどなりたくもない。そんなことよりも僕の存在が公に伝わることで、魔王再滅という目的を邪魔されるほうが嫌だった」

「誰が邪魔するんですか？」

「魔王信奉者だ。強大な悪というのはすべからくカリスマ性があるからな。そういう連中が僕の覚醒を妨げる可能性は、絶対に無いとは言い切れなかった」

サジュエルはさらりと言ってのけたが、依吹はその台詞に驚きを隠せなかった。つまりこの傲岸不遜としか見えない彼は、それまでに築き上げてきた自分の名誉や栄光よりも、誰ひとり知る人もいないであろう遠い未来の世界を守ることを優先したということなのだ。依吹は未だかつて、そこまで利他的な行いをできる人物を知らなかった。

「なんでそんなことができるんですか？　正直私だったら、数百年先の未来のために今の自分を犠牲にすることなんて、……多分できません」

　警官としては不本意だし不甲斐ないなとは思いつつも、それが依吹の正直な感想だった。しかしサジュエルはそんな彼女を責める様子もなく、通路に沿って展示されている精巧なジオラマを眺めながらゆっくりと口を開く。

「賢者とは――」

　視線の先には彼がいた時代の王城とその城下町、断崖を切り拓いた鉱山街で働くドワーフや、森の木々に絡みつくように作られたエルフの集落など、当時の人々の暮らしが驚くほど細やかに再現されている。

　それを見つめるサジュエルの瞳は深く、依吹には彼の横顔からその感情を読み取ることができなかった。だが静かに語る彼の声には、大樹が根を伸ばすような、穏やかながらも確かな力強さがあった。

「僕は、賢者とは高潔であるべきだと考えている。そして高潔さとは、為すべきことを成すために最善の道を、迷わず選択するということだ」

「……迷わず、最善の道を……？」

「そうだ。僕は『犠牲の精神』を美しいと思ったことなど一度もないし、基本的には自分のやりたいことを最優先にしている。だが僕が賢者であるということは『それ』をする理由になる」

「でもそれで、ロッシュさんは後悔していないんですか？」

不躾な質問であるとは解りつつも依吹が問うと、サジュエルはそれを「くだらない」と一笑に付した。

「後悔とは自らが過去に下ろす錨だ。そんなもので自分を留めるような愚かな真似を僕はしない」

さも当たり前のように言ってのける彼に、依吹は面食らったような顔をした。その台詞に込められた意志の強さは、彼女には到底計り知れないものだったのだ。

「強いんですねロッシュさん……。ロッシュさんは本当に、凄く強い人です」

「何を今更。君は僕を誰だと思っているのだ？」

「ですよね。……でもいいなあ。私なんか全然、とてもロッシュさんみたいに強くはなれないです。ああすればよかったとか、こうしておけば上手くいったのにとか、いつもそんな後悔ばっかりで……」

依吹は俯いて呟く。すると、

「ならば今すぐその錨を引き揚げたまえ。世界という海は君が思うよりもずっと広いのだよ、小魔法使いくん」

＊

ライザス展を一通り見終えた後、サジュエルと依吹は少し早めの昼食をタワー内にあるフードコートで食べることにした。

点々と丸テーブルが並べられた広いホールは様々な店にぐるりと囲まれ、そこかしこから食欲を誘う匂いが運ばれてくる。

「うーん、どうしようかなあ。ハンバーガーもいいけどラーメンも捨て難い……」

「早く決めたまえ。僕はもう頼んだぞ」

「そんなすぐには決められないですよ。ロッシュさんは何にしたんですか？」

「タコ焼きとかいうやつだ。クラーケンの味など想像がつかない」

「なるほど。じゃあ私はあっちの味噌ラーメンに――」

と依吹が言いかけたところで、窓の外を何台ものパトカーがサイレンを鳴らしながら走り抜けていった。

「何か事件……？　ですかね？」

「ふむ。気になるな。ひょっとしたら魔王と関わりがあるかもしれない」

「さすがにそれは――あ、音消した。近いんだ」

依吹が言うと「よし行ってみよう」と即座に歩き出すサジュエル。

「え、そんな。……ちょっとロッシュさん、タコ焼きはどうするんですか？」

「後回しだ。どうせクラーケンなど入っていないのだろう」

「タコなら入ってますって」

依吹は颯爽（さっそう）とエレベーターに向かうサジュエルとラーメン屋を見比べてから、後ろ髪を引かれる思いで彼を追っていった。

現場は予想していたよりも近く、駐車場を出てすぐのところで回転する赤い光が目に入った。堤防の少し手前の広場で、数台のパトカーと大勢の警官が野次馬を遠ざけている。

「ちょっ……と、すみません。通してください」

依吹が人だかりをかき分けて最前列に出るや否や、青い制服にぶつかった。

「一般人は下がって下がって！　ここから立ち入り禁止！」

「あの、何があったんですか？」

「今それを調べてるんだ。関係者以外は離れて――」

すると依吹はジャケットの裾（すそ）をめくって、腰のベルトに付けた警察徽章（バッジ）を見せる。

「あ……刑事さんでしたか、これは失礼致しました。お疲れ様です」

「お疲れ様です。入ってもいいですか？」

警官に「どうぞ」と促されて規制線を潜る依吹とサジュエル。中では何人もの制服が右往左往しており、その向こう側にブルーシートが見えた。

「南湾岸署（みなみわんがん）の秋山（あきやま）巡査長であります。随分と早いお越しですね」

「本庁の如月です。近くにいたものですから。こちらは——」

「獣対の賢者、サジュエル・L・ロッシュだ」

「獣対？　ではやはり魔獣の仕業ですか」

「やはり……？」

依吹は一瞬サジュエルと顔を見合わせてからブルーシートに向かった。

青い幕の向こうにはうつ伏せになった男性の死体。四肢の所々に衣服を突き破るほどの深い傷があり、それは獣に噛（か）みつかれたもののように見える。依吹は案内してくれた秋山の前に進み出て、その死体を注意深く観察しながら独り言のように尋ねた。

「死因はこの傷でしょうか……？」

するとサジュエルが口を開く。

「絶命するほどの怪我じゃない。死因は別にある」

「ですが他にそれらしい外傷はありませんよ？」

「視えるところには、だろう。上半身に水属性（ヴァトン）の魔素を感じる」

「え……？　でも服は濡（ぬ）れてませんよ？」

「恐らく肺から気道にかけて水が溜（た）まっているのだ。つまり死因は溺死（できし）だ」

「溺（おぼ）れた、っていうんですか？　こんなところで——」

依吹は20メートル程離れた堤防とその先の海を見やる。地面はコンクリート。仮に海で魔獣に襲われて溺れたとしても、砂浜などと違って波で打ち上げられるような場所ではない。そもそも被害者の衣服に濡れた形跡は無かった。

「どうやって溺死を？　魔法でしょうか」

「その可能性は高い。だがこの噛み傷自体はモンスターのものだな」

「どんな魔獣ですか？」

「歯の大きさからしてかなり大型だが断定はできない。しかし死因が魔法であるならば、少なくともこの男は魔法使いとモンスターの両方に襲われたわけだ」

「つまり犯人は二人組……というか、一人と1匹ということですか」

「そういうことになる」

サジュエルの助言を得て依吹が再び考え込む。

「秋山さん、今ある情報は？　遺留品はありますか？」

「今のところ目撃者や悲鳴を聞いたという人間もいません。身元は調査中です。遺留品は、被害者の物かは分かりませんが、そこの堤防近くで帽子が見つかってます」

「帽子？」

秋山はそばにいた警官からビニール袋に入った赤いスポーツキャップを受け取り、それをそのまま依吹に手渡した。依吹はその帽子と倒れている男の服を見比べる。

「合わないですね、見た目的に」

死体の服装はスポーツスタイルとは程遠い、落ち着いた色合いのカジュアルスーツの上下だった。依吹の言う通り、その服と帽子を組み合わせるとかなり不自然なコーディネイトになる。

依吹が小首を傾げながら帽子を調べていると、隣でサジュエルがふむと頷いてから言った。

「……セイレーンかもしれないな」

「セイレーン？」

依吹と秋山の視線が集まる。

「それって亜人のセイレーンのことですか？」

「そうだ。地域によってはメロウやマーメイドなどと呼ばれることもあるが、いずれにせよ半人半魚の雌性亜人、要するに人魚だ」

「何故それが犯人だと？」

「犯人ではなく、その帽子の持ち主の話だ」

言われて依吹は、何の変哲もない赤いキャップをまじまじと見る。

「この帽子の？　でもセイレーンって下半身が魚なんですよね？　海で生活するのに帽子を被るんですか？」

「違う、陸に上がってからだ。セイレーンは赤い帽子を被ると下半身も人型になる。もっともその代償として一時的に声を失うことになるが」

「え？　そうなんですか？」

「ああ。恐らくこの被害者と一緒にいるところを襲われて、海に逃げたのだろう」

「なるほど。でもセイレーンなら水属性の魔法も使えるんじゃ？　襲われたのではなく、逆に殺して逃げたという可能性も考えられませんか」

「それはないな。もしセイレーンが犯人であったのなら、自分の存在を示すような証拠は持ち帰るだろう。帽子が脱ぎ捨ててあったのは、それを拾う余裕すらなかったということだ。それにこの男の傷は背面に集中している。こういう傷は誰かを守ろうとしたときにつく傷だ。しかし一方で、守られていた者の悲鳴や助けを求める声を聞いた者はいない。それはつまり——」

「その人間が声を出せなかったから……？」

「そういうことだ」

　サジュエルの推理は依吹を納得させるのに充分だったらしく、彼女は考えを整理してから深く頷いた。

「分かりました、その線で進めてみましょう。ですがその——」

「海に逃げたセイレーンなら戻ってくる。彼女らが人型になるのは大抵の場合、人間の男と恋に落ちたときだ。彼女らは執着心が強いから、この男が想い人なら生死を確認したいはずだ」

「なるほど。当然赤い帽子を被って、ですよね。それ以外に外見的な特徴はありますか？」

「セイレーンの髪は必ず緑かそれに近い色だ。そして切っても海に入るとすぐに伸びる」

「ということは、緑色のロングヘアで赤い帽子を被った喋れない女性、ということですね。これだけ特徴があればすぐに見つけられるかも」

サジュエルが「うむ」と返すと、依吹は早速携帯を取り出す。

「本部に連絡します……。――もしもし室長ですか？　如月です」

＊

「――分かった。南湾岸署には俺から伝えておく。お前はロッシュの旦那と一旦戻ってこい」

ヲーレンが通話を切ると「如月ですか？」と仁悟が尋ねた。

「ああ、お台場で殺人があったらしい。ロッシュの旦那の見立てだと、犯人はともかく現場にはセイレーンがいたようだ。亜人登録局に確認する」

「日本でセイレーンというと、そんなに多くないはずですね。しかし出先でたまたま殺人事件に遭遇って、運がいいというか悪いというか」

「被害者にとっては間違いなく悪いがな。だがある意味こっちとしては好都合だ。初動ってのは早ければ早いほどいい」

「あのクソエルフ、自分で賢者とか吐かすだけあって知識はありますしね」

「ああ。だがその呼び方はやめろ」

そこで執務室の固定電話が鳴った。仁悟がそれに出てしばらく受け答えをした後、送話口を塞いでヲーレンに告げる。

「ナラさん、歌舞伎町で男性の遺体が見つかったそうです」

「今度は新宿か……。分かった、すぐに向かうと伝えてくれ」

「了解です。ここのところ、やたら物騒な事件が多いですね」

ヲーレンはすぐさま席を立ち、北欧風の瀟洒なコートスタンドからそれに見合わぬ使い古しの上着を手に取る。

「だから俺たちがいるんだろ。だが解決できなきゃ、いる意味がねえ」

そう言って、小柄で分厚い身体を包むようにコートを羽織った。

新宿歌舞伎町は言わずと知れた日本屈指の歓楽街である。夕刻を過ぎれば建物はネオンサインに彩られ、サラリーマンや遊び好きの若者たちで賑わい、その喧騒は朝まで続く。一昔前に比べれば露骨な客引きは減ったものの、客と店、そして客同士のトラブルはあとを絶たず、そこを見回る警官の仕事量は他の街とは比べ物にならない。

そんな街も今のようにまだ日の高いうちであれば比較的平和なはずだったが、しかしこの日に限ってはいつもより空気が重たかった。

その原因は路地裏で見つかった死体。いかに胡乱な繁華街とはいえども殺人事件となるとそう滅多に起きるものではなく、その噂はニュースよりも早く拡がり、現場の近くには遠巻きの野次馬が目立った。そしてその中には明らかに一般人とは異なる、剣呑な空気をまとった者たちがおり、彼らは数人で固まって何やらひそひそと怪しげに会話をしているのだった。

「殺気立ってますね……」

仁悟は規制線の中からそんな集団を眺めて言う。外見だけで言えば彼もそちら側と間違えられそうなものだが、黄色いテープが明確にその立場を分けていた。

昨晩降ったゲリラ豪雨のおかげで、路地裏の地面にはまだ大きな水溜まりが残っている。室外機の風を浴びながらその水溜まりを赤黒く濁らせている死体を、ヲーレンは屈み込んでじっくりと確認しながら「そりゃそうだ」と応えた。

血と泥に塗れた白いスーツの遺体は襟首から龍の入れ墨を覗かせていた。

「この死体は銀竜会のモンらしいからな。自分らの縄張りで身内が殺されたとありゃあ、殺気立ちもするだろう。あの組はここらじゃ古参だし、ヤクザってのは何より面子が大事だからな」

「詳しいですね、ナラさん。さすがは元マル暴」

「茶化すんじゃねえよ。昔とった杵柄ってやつだぜ」

ヲーレンが鼻息とともに立ち上がると、今度は仁悟が遺体に目を向けて言う。

「ですがこの殺され方は人間の仕業じゃないですよ。銃や刃物でこうはならない」

男は右脚と左腕を力任せにもがれていた。その凄惨な姿を見れば検視を待たずとも死因は明らかで、そして犯人がどういう存在であるかということも想像に難くない。

「そんなこと関係ねえんだろ。殺られたら殺り返す、それがヤクザの流儀ってもんだ」

「余計な死体は増やさないでもらいたいもんですが」

そこへ制服姿の警官が来て、ポケットから取り出した手帳を読み上げる。

「被害者の身元が判明しました。名前は藤堂慎介、年齢は29歳。新宿を拠点とする銀竜会の構成員です」

「ああ。他には？」

「携帯に音声メモが残っていました。録音時間からして、昨夜殺される直前に入れたものと思われます」

「ダイイングメッセージってやつかね。今聴けるのか？」

「はい、こちらに――」

仁悟はビニール手袋とともに警官からスマートフォンを受け取る。手の平に載せたままスピーカーをオンにして再生。

最初に流れたのは絶え絶えの息遣い。

『……はぁ……っぐ……、はぁ……ぅぅ……』

『……ぉ……オークだ……。はぁはぁ……、オークが……なんで、こんなとこに……。うッ!?　や、やめ――ぎぃやあああっっ!!』

携帯が地面に落ちる音がして、そこから先は無音のまま再生時間が過ぎていく。

　これ以上は何も無いと判断して仁悟は再生を止めた。

「……これだけみたいですね」

「みてえだな。だがはっきり聞こえた」

「ええ。やったのはオーク、で間違いない」

　彼はスマートフォンを警官に返しながら、

「オークって言うと、あのデカい亜人ですよね。脳筋ゴリラみたいなヤツだ」

「多分な。あの連中なら素手でも簡単に人を殺せる」

「じゃあそれっぽいのを亜人局に問い合わせてみますか？」

「いや、名前も年齢も判らねえんじゃ照会のしようがねえ。それにオークってのは都内だけでも一万人以上いるんだ。当てずっぽうじゃ絞り込めやしねえだろう」

「んじゃ地道に目撃者捜しですか」

「ああ。だがその前にひとつ心当たりがある。まずはそこに聴き込みに行くぞ」

＊

　亜人の中には一般にオークと呼ばれている種族がいる。肌は灰色を帯びており体毛は薄めだが、それ以外に人間との機能的な差異は無い。ただしその身長は平均で2メートルを超え、極度に発達した筋肉量は人間の成人男性のおよそ2倍もある。

亜人法という彼らの権利と区分を定めた法律においては、ライカンスロープとともに第二類という位置づけがなされ、特別な例を除けば名目上は普通の市民と変わらないということになっているが、実社会における彼らの扱いはそこまで良好とは言えず、基本的人権が保護されないことも少なくない。そういった世間の扱いと先天的な気性の荒さも相まって、彼らオークは社会に馴染めず犯罪行為に手を染める者も多かった。

ヲーレンと仁悟が訪れたのは、そんなオークによって構成されている新進の指定暴力団『鬼統組』の事務所だった。

「――鬼統組が台頭し始めたのは数年前、新大久保に拠点を移してからだ。それまでは渋谷の半グレ集団だった」

「なんでそんな急に力をつけたんですかね。しかも新宿界隈は銀竜会の縄張りなんですよね？」

「急にってわけじゃあねえ。もともと構成員がオークってだけで、並の人間じゃ相手にならねえんだ。頭に血が昇りゃあ、拳銃で少し撃たれたぐらいじゃ怯みもしねえ」

「マジですか。トンデモない奴らだな」

「お前ほどじゃねえがな」

時刻は夕方前、韓国料理屋や雑居ビルの看板が灯りを点け始めた頃。パチンコ店が並ぶ駅前通りから脇道にそれて少し進むと、突然人気がはたと止んだ。後ろを振り返っても景色に違いはないのに、仁悟には空気が重たく淀んでいるような気がした。

「あそこだ」

ヨーレンが示した先にある小綺麗なビルの入口には、黒いスーツを着たオークが二人、雷門の仁王像よろしく並んで立っていた。

「へえ。いかにもって感じですね」

「単なる聴き込みだからな。暴れんじゃねえぞ？」

「そういうナラさんこそ、昔の血が騒いで――」

「馬鹿言うな。こう見えて俺は穏健派だ」

「傭兵からマル暴まで務めた穏健派なんていないでしょう」

ビルに近寄ると早速、入口のオークたちが訝しげに二人を睨んできた。下顎から伸びた犬歯を見せびらかすように、威勢よく胸を張り行く手を塞ぐ。

「なんだジジイ、ウチになんか用か？」

「お前らのボスに会いたい。中ぁ入れてくれるか。家宅捜索ってわけじゃねえ、少し話をしてえだけだ」

話すヨーレンの後ろで仁悟が無言でバッジを提示すると、オークの二人は顔を見合わせてから、案内を促すように片方が顎で扉を示した。

「悪いな、ちょっと邪魔するぞ」

事務所の2階の部屋は十五畳程の広さで、壁に絵や掛軸や壺なども飾ってあり、奥に掛けられた大きな板には『鬼統組』の文字が達筆で彫られていた。その手前の机に座っている一際大きな男が元締めで、彼はドスのきいた太い声で名乗った。

「俺が組長の五条だ」

分厚い革の椅子が軋む。身を乗り出した彼の横顔に夕陽が当たると、窓際の若い男が素早くブラインドカーテンを下ろした。

「捜査六課、魔獣対策室の楢橋だ。こいつは神島だ」

部屋の真ん中で数人のオークらに囲まれながらも、ヨーレンと仁悟は怖気づく様子など微塵も見せず堂々としていた。

「なるほど。アンタが『巌鬼の楢橋』か。不退転のドワーフの名はガキの頃から耳にしたもんだが、最近はめっきりだぜ。もう刑事は引退したって聞いたが？」

「引退したのはマル暴のほうだ。刑事は止めちゃいねえよ」

「ほう、そりゃご苦労なこった。んでウチになんの用だい？」

「歌舞伎町で銀竜会の若いモンが殺されたのは、もう知ってるな？」

「ああアレか。銀竜会の連中はざまあねえってもんだぜ。だがウチとは関係ねえぜ？」

組長の五条がヒラヒラと手を振ってみせると、仁悟が苛立った様子で口を開く。

「ざけんな。新宿界隈で銀竜会に手を出せる奴が他にいるかよ」

すると五条は鋭い眼光でもって彼を睨み返した。

「おい若造、俺は巌鬼の旦那と話してんだ。ガキが横から口挟むんじゃねえ」

「……あ？」

ピクリと仁悟の眉間に皺が寄る。その怒気を察したヲーレンが軽くたしなめる。

「五条、もしお前らが何か隠してんなら、今ここでそれを捜したっていいんだぜ」

「脅しのつもりか？　だが耄碌したみてえだな、巌鬼の旦那よ。アンタら今令状持ってねえだろう」

「なんだお前さん、知らねえのか？　獣対の捜査ってのは特務案件なんだぜ？　緊急と判断すれば無令状でも捜査できるんだよ」

「なんだと……」

「さあて、何が出てくるのか楽しみだな？」

ヲーレンは不敵な笑みを浮かべてわざと明るく振る舞ったが、五条をはじめとするオークたちはそうではなかった。

「…………」

緊張が走る。空気がピリピリと張り詰め、五条の眼がさらに物騒な光を湛えた。

「刑事さんよ、アンタぁ、ウチらがここでやらねえとでも思ってんのか？」

「さあな。だがそのつもりなら覚悟はしといたほうがいいぜ。耄碌した俺には止める自信がねえからな」

「止める？　何をだ？」

するとヲーレンの横で仁悟がおもむろにサングラスを下にずらした。そこに垣間見えた眼は赤く輝き、瞳孔は縦に細長く狭まっていた。それを見た若い構成員がたじろぐ。

「こいつ……！　ライカンスロープだ！」

慌てて後退るオークたちに、仁悟は剝き出した牙の奥でグルルと低く喉を鳴らした。

「月が近いからな。どうなっても知らねえぞ」

突如噴き出した仁悟の殺気と威圧感は尋常ではなく、数多の修羅場を潜り抜けてきたであろうオークのヤクザたちですら、氷の手で直接心臓を握られたような恐怖に一歩も動けなくなった。

それもそのはず、そもそもライカンスロープは別名『魔の狩人』とも呼ばれ、不死身の肉体と鋼をも斬り裂く爪は決して獲物を逃さないと謂われていた。そのライカンスロープが本性を現せば、怪力ぐらいしか取り柄のない彼らなど一瞬のうちに屠られるだろう――。そういう生物としての圧倒的な力量差は、命のやり取りをしたことがある者ほど強くはっきりと感じ取れるのだった。

「どうする？　戦るのか、それとも殺られたいのか」

突き刺さる獣の気迫に言葉どころか戦意まで完全に失ったオークたちは、小刻みに首を横に振って両手を上げた。しかしさすがに組長の五条だけは相当に肝が据わっているようで、他の者のように怯えた様子を見せることはしなかった。それでも密かに冷や汗を垂らす彼は、悟られぬように唾を飲み込んでから口を開いた。

「……やめとこう。そこらの魔獣とでもやり合うほうがまだマシだ」

五条の台詞を聞いて、仁悟は静かにサングラスを上げる。何人かのオークはそこで緊張の糸が切れたらしく、崩れるように腰を下ろした。

「なあ巌鬼の旦那よ。そこの兄さん、神島とか言ったか」

「ああ。こいつがどうかしたか？」

「その兄さんはどう見ても刑事なんぞには見えねえぜ。外見の話じゃなくてな。俺も危ねえ連中を山ほど見てきたが、こんなヤべえ空気をまとってる奴は今までいなかった。いくらライカンスロープっつってもだぜ、その兄さんは普通じゃあねえ」

「……それがどうしたってんだ？」

「なに、部下はよく選んだほうがいいってだけの話さ」

「…………」

ヲーレンは不満そうに口を噤む。しかしどうやら一悶着だけは避けられたようだと判断して話を戻した。

「んで五条。もう一度訊くが、鬼統組は本当に今回の殺人とは無関係なんだな？」

「ああ、組の看板に賭けて誓ってもいいぜ。ウチらはやってねえ」

「そうか。だが被害者の携帯には『オークだ』ってメッセージが証拠として残ってる」

「オーク——？」

それを聞いた五条は眉をひそめる。

「そりゃあ少し妙だぜ、巌鬼の旦那」

「何がだ？」

「オークって言葉は今じゃ当たり前みてえに使われてるが、そりゃ俺たちを嫌うヤツらが勝手に呼んでるだけだ。俺たちは本来『グレンデル』っていうんだぜ？」

「グレンデル？　オークじゃねえのか？」

「ああ。そして数は少ねえが銀竜会にもグレンデル族がいる。身内にそれがいるならオークなんて呼び方はしねえはずだ。ヤクザは面子が命だからな」

五条が断言するとヲーレンは「むう」と唸る。

「つまり銀竜会の奴が残したオークって言葉は、お前さんらの種族を指して言った言葉じゃねえってことか」

「だと思うぜ、多分な」

ヲーレンは再び唸ってから、

「分かった。……すまなかったな、騒がせちまって。帰るぞ神島」

そう言って踵を返す。そして彼に従って無言で背を向けた仁悟に五条が問いかける。

「ライカンスロープの兄さんよ」

「なんだ？　まだなにか言い足りないのか？」

「そうじゃあねえ。ただアンタ、さっき本気で俺たちを殺るつもりだったのか？」

すると仁悟は「そんなわけないだろ」と牙を見せて笑った。

＊

ブラインドカーテンが上がると、モダン&クラシックに仕上げられた獣対の執務室に清々しい朝陽が差し込んだ。

鬼統組への聴き込みの翌日、朝一番にやってきた依吹が窓際の鉢植えに咲いた青い花に水を差していたところで、仁悟が欠伸をしながら部屋に入ってきた。

「おはよう。――お、リンドウか。ずいぶん早咲きだな」

「おはようございます神島さん。これ、フデリンドウは早いんですよ」

「ああなるほど。そういえばハルリンドウなんかも早いんだったな」

仁悟は脱いだ上着を自分のデスクの方に放り投げ、犬の足のマークが描かれたマグカップをコーヒーメーカーに突っ込んでから、もう一度大きな欠伸をした。

「意外です。神島さんてお花に詳しいんですか？」

「その花だけ、昔育ててたことがあったからな。他の花は見分けもつかん」

「でもそういうの興味無い人だと思ってました」

「亜人ってのは基本的には自然派なんだぜ？」

そう返してから仁悟は、部屋の奥まったところに置いてある豪奢なソファを見る。

「アイツはまだ来てないのか。あのクソエルフは」

「そういう呼び方してるとまた室長に怒られますよ」

「あの野郎が人のことを『仔犬くん』なんて呼ぶからだ。それに如月、お前だってあいつに『小魔法使いくん』とか変な呼び方されてるだろ」

コポコポという穏やかな音とともに芳醇なコーヒーの香りが部屋に漂い拡がってゆく。

仁悟は自分のカップにそれを注ぎ終えると、真っ白な無地のカップに差し替えて再びボタンを押した。間もなくそちらも満たされ、彼はそれにスティックシュガーを何本か添えて依吹のデスクに置いた。

「砂糖多めでいいんだよな、如月」

「あ、はい、ありがとうございます。……私はどう呼ばれても気にならないですけど、多分ロッシュさんの場合は私たちを気遣ってくれてるんだと思います」

「気遣い？　変なあだ名で呼ぶことが？」

「ええ。学生時代に魔法史の先生から聞いた話なんですけど。強大な力を持つ魔法使いというのは、名前を呼ぶだけでも相手に対して支配力を持つんだとか。だから昔の魔法使いは偽名をいくつも持っていたり、わざと長くて憶えにくい名前にしていたんだそうですよ？」

「……なるほどな。だがそれならもっとマシな呼び方にしろって話だ」

仁悟は不満げにふんと鼻を鳴らしてからコーヒーを啜る。依吹はそれ以上サジュエルを擁護することも仁悟に賛同することもせず、ただ困った表情で溜め息を吐いた。

やがてヲーレンが出勤してくると、仁悟と依吹はそれぞれが得た情報を整理し、それを資料として印刷してから皆に配った。サジュエルは定刻より少し遅れて、来るには来ているものの、早々に部屋の隅にある例の大きなソファで横になり、優雅にくつろぎ始めるのだった。

しかしヲーレンは特にそれを咎(とが)めるでもなく、

「じゃあまずは嬢ちゃんから報告を頼む」と口を開いた。

そのあとに依吹が軽く咳払(せきばら)いをしてから報告を始める。

「昨日昼頃、お台場セレスティアルタワーの裏手にあたる埠頭(ふとう)で発見された遺体の件です。被害者の身元が明らかになりました。名前は中海圭一(なかうみけいいち)、年齢は23歳。現場から2キロの所にある『ブルーエデン台場』という水族館のアルバイトで、昨日は午後から出勤の予定だったそうです。死亡推定時刻は一昨日(おととい)の夜11時前後。死因は水死です」

一通りの基本情報が告げられると、ヲーレンは髭(ひげ)をさすりながら訝(いぶか)しげに言う。

「……妙だな。建物の裏とはいえ、場所を考えると発見が遅すぎる」

「私も同感です。しかしその点に関しては、鑑識課が被害者の財布からこれを――」

依吹はビニール袋に入れられた10センチ四方の紙切れを机に置く。それにはかなり精密な魔法陣が描かれていた。

仁悟がそれを手に取りつつ「なんだこりゃ」と一言。

「透過魔法の効果を持つ記述式です。既に効力は切れていますが、被害者がこれを所持していたために発見が遅れたものと思われます」

「透明化の魔法ってやつか……。違法だろこれ」

「もちろん不認可です。しかしネットを通じて入手することは可能です」

「あーなるほどな。最近その手のサイトが増えてるって話はよく聞く。しかしなんでこんなモンを？　犯人が持たせたのか？」

「私もその可能性も考えましたが、ロッシュさんは違うと」

依吹の言葉を聞いた仁悟は、振り返ってサジュエルの方を見る。

「おいクソエルフ、なんで違うと分かる？」

するとサジュエルはティーカップをゆっくりとテーブルに置いてから、これみよがしに首を振り、呆れ顔で溜め息まで吐いてみせた。

「やれやれ、馬鹿なのか君は。死体発見を遅らせることが目的ならば、わざわざ財布に忍ばせるような手間をかけるはずがないだろう？　ジャケットでもどこでも適当に貼り付けておけばいいのだ。それなのに隠し持っていたということは、被害者自身が用意していた物だということだ」

「じゃあひょっとして、被害者は自分が襲われることを予想してたっていうのか？　それで身を隠すためにこの魔法陣を？」

「そういうことになる」

サジュエルは頷(うなず)いてから再び紅茶をすすり、傍にあったヘッドフォンを着けて爪先(つまさき)を揺らし始める。これ以上彼が口を開くことはないとみえて、今度はヲーレンが依吹に対して尋ねた。

「それで目撃者はどうした？　たしかセイレーンだったか」

「昨夜のうちに発見され、南湾岸署が保護したそうです。今日聴取に行ってきます」

「分かった。そのセイレーンが本当に現場にいたってんなら、ある程度詳しい状況も分かるだろう。じゃあ聴き取りにはロッシュの旦那(だんな)と――」

「僕は行かないぞ」

サジュエルは目を瞑(つぶ)ったままヘッドフォンを外すこともなく応(こた)えた。

「聞こえてたんですかい」

「聞かなくても分かる。どうせ小魔法使いくんと一緒にセイレーンに会いに行けと言うのだろう？」

「そうです。ちと嬢ちゃんについていってやってくれませんかね」

「嫌だ。話を聴くだけならば彼女一人で充分だ。わざわざ僕まで行く必要はない」

「しかし刑事の捜査は二人一組ってのが基本でしてね」

「ならば仔犬くんを連れていきたまえ。散歩には丁度いい」

「俺は犬じゃないっつってんだろ」

取り付く島もないサジュエルとそれに噛(か)みつきそうな仁悟に、ヲーレンは諦(あきら)めの溜め息を吐く。

「まあ面子(メンツ)はあとで決めるか。……じゃあ次は神島、なんか情報はあったか？」

「あ、はい。鬼統組の五条が話していた件ですが、奴の言っていたことは本当らしいです。オークと親しい連中は彼らをグレンデルと呼ぶそうで、オークという呼び名は彼らからすると蔑称(べっしょう)になるらしいです」

「なるほど。なら本当に鬼統組の奴らは無関係ってことか」

「恐らく。それで調べてみたんですが、どうも過去にはオークと呼ばれていた種族が他にもいたようです。ただこっちは亜人じゃなく魔獣です」

「魔獣のオークか。どんな魔獣だ？」

「体長2メートル強の人型で、ブタに似た顔のやつです。牛一頭を丸々喰(く)っちまうぐらい食欲旺盛(おうせい)で、人間どころか亜人や他の魔獣まで捕食対象になるらしいです」

「そいつは厄介そうだな。だがそんな魔獣は聞いたことがねえ」

「俺もです。昔は北方アジア全域の寒い地方に棲息(せいそく)していたみたいですが、日本に入ってきたという記録はありません。そしてもともとの棲息地でも発生数は減っていて、ここ数年ではほとんど確認されていないとか」

「そうか。そういうことなら被害者が残した『なんでこんなところに』って台詞(せりふ)とも辻褄(つじつま)が合うな」

「ですね。ただ問題はそのメッセージ通り、なんでそんなレアな魔獣が歌舞伎町なんかにいたのかってことです」

「たしかにな……」

仁悟とヲーレンが考え込んでしばらく沈黙が続いていると、突然サジュエルがヘッドフォンを外しながら再び「やれやれ」とわざとらしく声に出した。

「本当にものを知らないな、君たちは」

「なんだと？　悪かったな。これでもこっちは徹夜で調べてるんだよ」

「どうせインターネットとかいうやつを使ったのだろう？　あれが便利であることは認めるが、大衆の情報の寄せ集めなど所詮(しょせん)は蓋然(がいぜん)性を装っただけの噂話でしかない。あまりあてにするべきではない」

「だったら何を信じろって言うんだよ？　クソエルフ」

不満たっぷりの顔で悪態を吐く仁悟に、一方サジュエルは真面目な顔で応える。

「信じるな、と言っているのだ。いいかね仔犬くん、そもそも『信じる』という行為は本質を見抜く力を持たないということだ。だから僕は何も信じない、理解するだけだ。『理解』は『信じる』の対極にある」

「ならお前には分かるっていうのかよ。オークって魔獣の正体が」

「当たり前だ。だからこうして話しているのだ」

サジュエルはそう言うと座ったまま指をパチンと鳴らした。途端に彼の目の前の床に魔法陣が出現し、そこから立ち上った光が1匹の魔獣の姿を浮かび上がらせる。

「うおっ、なんだよこれ」

そこに現れたのはイノシシに似た頭と毛むくじゃらの身体をした動物――否、魔獣だった。

「投影魔法の一種だ。この時代風に言うならば3Dホログラフィというやつか。そしてこれが今君の言っていたモンスターの『スブッカス』だ」

「スブッカスだと？　オークじゃないのか？」

サジュエルは再びやれやれと首を振る。

「蒙昧な君らに教えておくが、オークという名前はもともと『死神の使い』を意味する言葉だ。かつて船乗りたちが海のモンスターをそう呼んでいたのだ。しかしよく出没するモンスターが豚鼻だったために、いつしか『オーク＝豚のような怪物』と捉えられるようになった。そしてその認識が伝聞によって広がり、伝わった地域ごとにそれらしい――豚に似たモンスターがそう呼ばれるようになったのだ。だからオークと呼ばれるモンスターは何種類もいる。だがそれらは全て、勘違いから生まれた通称であって正式な呼称じゃあない」

「じゃあ俺が調べたこのオークって魔獣も――」

「その呼び名は通称だ。本来の種族名はスブッカスという。ちなみにグレンデルについてだが、彼らの系譜は元を辿れば人間と同じだ。遺伝子的にはエルフやドワーフよりもずっと人間に近い。分類学的に命名するならば、ホモサピエンス・グレンデレンシスとでもいったところだな」

「マジか」

「ああ。それで話を戻すが、スブッカスは比較的召喚が容易なモンスターのひとつだ」

「ってことはつまり、このオーク……じゃなくてスブッカスか、ややこしいな。とにかくコイツは、この前のホラみたいに魔法で呼び出されたということか？」

「そう考えるのが妥当だ」

「だが魔獣ってのはそんなにポンポン呼び出せるものなのか？　ホラの時には召喚者自身が殺されてたが、今回はそれらしい遺体は見つかってないぜ？」

「あれは少し特殊な例だ。普通召喚魔法というのは一時的なものでしかなく、せいぜい数分から長くても1時間程度で召喚されたモンスターは消えてしまう」

「じゃあ銀竜会の奴をやった魔獣はもういないってことか」

「そうだ。それと召喚が容易とは言ったが、それはあくまでも必要な物が揃っている状態の話であって、魔法陣そのものは素人がおいそれと構築できるものではない。精確に書くのはもちろん、書く順序も正しくなくては機能しないからな」

「精確に、か。それなら業務用の魔法陣プリンターと元データさえ手に入れば、誰でもできそうだな。だとすると――」

　仁悟は先程の遺留品に目をやってから納得したように頷く。そして依吹の顔に視線を移してみると、彼女もまた仁悟と同じ結論に達していた様子だった。

「記述式の違法販売……」

「だよな。プリンターはともかくデータはそう簡単に手に入るものじゃない。表立って売り買いすればすぐに通報される」

二人は顔を見合わせながら頷いたものの、

「けどそうなると捜査はお手上げだ。違法販売はネットが主流だが、俺たちはダークウェブだとかそっち方面はからっきしだからな。サイバー対策課に応援を頼むにしても、そこから先は結局丸投げって形になる。相当時間がかかりそうだぜ、これは」

「でもその間にまた被害者が出たら――」

依吹も堪らず不安を口にするが、仁悟は困った表情で溜め息を吐くだけだった。すると意外にも、ずっと黙って聞いていたヲーレンが頭を掻きながら渋々口を開く。

「あー……、あのよ。あんまり言いたかねえんだが、実はパソコンだとかインターネットだとか、そっち方面にかなり強い人間を一人だけ知ってる」

「おお？　マジですか、さっすがナラさん！」

「それは一般の方ですか？」

「ああ、まあ一般人っちゃあ一般人なんだが……」

どうにも歯切れが悪いというか口ごもるヲーレンを見て、依吹らは揃って頭上に疑問符を浮かべる。

「その人に何か問題があるんですか？」

「あー、なんと言うかだな。問題って言えば問題なんだが」

「……？」

するとぐだぐだと煮え切らない様子の彼に、痺れを切らしたサジュエルが口を挟んだ。

「なんでもいい。打開策があるなら早く行動したまえ。僕も一緒に行く」

するとその言葉に、仁悟が即座に反応する。

「は？　なんでお前まで来るんだよ。如月には一人で行けって言ったろ」

「セイレーンのほうは大体予想がつく。だから意味が無いし興味も湧かない。だがコンピュータというやつは、正直僕にはまだ未知の分野だ。賢者として理解しておく必要がある。だから行くのだ」

唯一それが正しい事かのように言い放つサジュエルに、

「あーそうかよ。……ったく、我儘もここまで押し通せるなら大したもんだよ」

仁悟は不満げな顔で台詞を吐き捨てた。

＊

閑静な住宅街の一角、まだそう古くもない一軒家の表札には『楢橋』の文字。

「ここっすか。奇遇ですね、ナラさんと同じ苗字なんて」

「…………」

ヲーレンは仁悟の言葉には反応を返さず、黙ってその家のインターホンを押す。しばらく待つとスピーカーから「はい」と若い女性の声がした。

「あー、っと、その……俺だ」

「……待ってて」

ガチャンと乱暴に通話が切られ、しばらくするとドアが開いた。

淡白な態度でドアノブに手を掛けたまま姿を見せたのは、10代半ばと思しき少女だった。赤みのあるグラデーションブラウンのロングヘア。DJ好みの本格的な銀色のヘッドフォンを首にさげて、洋服は花柄のワンピース。身長はかなり低めだが体型は充分に女性的で、しかしそれよりも目を引くのは顔立ちだった。白い肌にフランス人形のような可愛らしさと美しさを兼ね備えていて、しいて言うならば耳の尖っていないエルフといった印象である。

「……なんの用？」

ヲーレンはその美少女に冷たく睨まれて、気まずそうに顎髭をさすった。

「よ、よう琴莉。久しぶりだな……。が、学校は？」

「リモート」

「そ、そうか……。ちょっと上がってもいいか？」

「……どうぞ」

少女はドアを開けたまま中に戻る。仁悟は一瞬サジュエルと顔を見合わせてから、おずおずと家に入っていくヲーレンに後ろから小声で話しかけた。

「ちょっとナラさん、誰ですか今のコ。めちゃくちゃ美人じゃないですか」

「見りゃ分かんだろ。俺の娘だよ」

「はあ!? 分かんないですよ、全っ然似てないじゃないですか。つーかナラさんに娘がいたこと自体、初耳ですよ」

「うるせえな。訊かれてねえから話してねえだけだ」

囁くように言い合っている二人の背中に「早く入りたまえ」とサジュエル。三人は綺麗に靴を揃えて家に上がり、先に階段を上っていった少女のあとに続く。

琴莉は部屋の前で一旦足を止めると振り返り、

「部屋片付けるから。待ってて」

そう言って部屋に入り、しばらくしてから「どうぞ」と再びヲーレンらを招き入れた。

「飲み物取ってくる」

入れ替わりで少女が出ていくと、仁悟は室内を見回す。いかにも年頃の女の子が好みそうな可愛らしい雰囲気で、ほのかに甘い匂いが漂っている。ベッドには年季の入った物から真新しい物までぬいぐるみが並んでいて、足元には漫画や雑誌が積んである——そこまではごくありきたりな部屋だったが、しかし部屋の隅にある机とその周辺だけは明らかに様相が異なっていた。

「なんですかコレ……」

基盤が剥き出しになった巨大なデスクトップパソコンとタワーサーバーに、6画面のマルチディスプレイ。横にはタブレットPCと数台のスマートフォンが置いてある。

「あの、ナラさん。ひょっとしてネットに詳しい人間ってのは――」

「あいつだよ。娘の琴莉だ。本人から聞いた話じゃねえが、なんでもハミングだかサミングだかって名前で、インターネットの中じゃあ多少は名が知られてるらしい」

「へ？　それって『ハミングバード』じゃないすか？」

「ああ、たしかそんな名前だったか」

「マジか……だとしたら多少どころじゃないですよ。ハミングバードって言ったら、本庁のサイバー対策課も目をつけてる超有名な世界的ハッカーですよ」

「そうなのか？」

「そうですよ。一切素性が不明で、インドのエンジニアじゃないかって噂がありましたが、それがまさか日本の女の子で、しかもよりによってナラさんの娘とか……。世の中どうなってるんだ」

そうして仁悟が頭を抱えているところへ、琴莉がお盆にコップを載せて戻ってきた。

「はい粗茶」

「お、おう、ありがとな琴莉。それでどうだ最近は。元気でやってるか？」

「なに？　そういう話？」

ぶっきらぼうに返された琴莉の言葉に、ヲーレンは「は？」と妙に甲高い声を上げる。

「だから。私だって自分がやってることが違法だってことぐらい解ってるの。それでついにパパが捕まえにきたってワケでしょ？」

「いや、そういう話じゃねえんだが……」

「嘘つき。ママが入院したときだって、『すぐ帰る』とか言ったまま3日も帰ってこなかったじゃない」

「そ、それはアレだ、すまないとは思ってるが魔――」

「はいはい魔獣でしょ。いつもそれ。外の事件ばっかり追っかけて、家の中の事件には見向きもしないんだから」

琴莉がふんと鼻を鳴らしてそっぽを向くと、ヲーレンはそれ以上何も言えずに項垂れてしまった。するとそんなヲーレンに代わって仁悟が口を開いた。

「えっと琴莉ちゃん、でいいのかな。お父さんが言ってるのは本当だ。俺たちは君を逮捕しにきたんじゃないんだ」

「……本当？」

「ああ本当だ。もし嘘だったら俺の頭をハンマーで千回殴ってくれてもいい」

「なにそれ。そんなに叩いたら私の手のほうが痛いじゃない」

「それは確かに」と笑う仁悟。

「でも、だったら何しに来たの？」

「実は今、俺たちが捜査してる事件にネットの違法販売が関係しているんだ。だがかなり巧妙なやり方で糸口がつかめない。だからそれを君に調べてもらいたい――」

そうして仁悟が琴莉に大まかな説明をしている間、サジュエルは顎に手を当てて机上に築かれたコンピュータの砦を眺めていた。まるで目の前の城をどう攻略してやろうかと考えに耽る軍師の如く、機械に手を触れるでもなく、ただじっと見つめている。

「…………」

そんな不審極まりないサジュエルをちょくちょく気にしながらも、話を聞き終えた琴莉は一応納得した様子をみせて言った。

「じゃあそのサイトを見つけて、魔法陣を売った人間を探せばいいの？」

ヲーレンが「まあそういうことだ」と頷いてみせると、琴莉はすかさず彼の顔の前に手を差し出した。

「なんだ、その手は」

「報酬。仕事なんでしょ。それなら見返りは当然」

「お前なあ、実の父親から――」

嘆きの溜め息が溢れる。

「しゃあねえな。で、いくら欲しいんだ？　俺はこういうもんの相場は分からんぞ」

「20万」

「なにぃぃ？　俺がそんなに持ってるわけねえだろ」

「言えっていったじゃん」

「あのなぁ琴莉よぉ。刑事ってのはそんなに儲かる仕事じゃねえんだぞ？　大体そんな大金なんに使うってんだ」

「サーバー増やすの。くれないならやらない」

口を尖らせつつ琴莉はわざとらしく顔を横に向ける。そんな彼女をさらに諫めようとヲーレンが口を開きかけたとき、

「僕が出そう」

　パソコンを眺めたままサジュエルが言い放ち、一同が彼を見た。

「ハミングバードだったな？　この機械は君が作ったのか？」

「え……？　う、うん。パーツ組んで少しいじっただけだけど……」

「なるほど、見事だ。獣対の部屋にあった物もよく出来ていると感心したものだが、これは大したものだ。洗練されていて無駄が無い。芸術品と呼んでもいい」

「あ、ありがとう……ございます」

　琴莉はなんとなく恥ずかしそうに頬を染める。

「でも触ってもいないのに、そんなの見ただけで分かるの？」

「分かる。僕は賢者だからな。コンピュータというのは結局のところ、電気信号の流れがどれだけ無駄なく効率的に扱われているか、ということが重要だと理解している。その点で言えばこのパソコンは構造的にも内部処理においても無駄がない。金属性が活性化しているのがよく分かる」

「そ、そう……」

サジュエルはおもむろに内ポケットから真っ黒なカードを取り出すと、戸惑う琴莉にそれを手渡した。

「え？　これブラックカード？」

「名前は知らない。だが必要なものはそれで買える。自由に使いたまえ」

そこにヲーレンが「おいおい」と口を出そうとするのを、サジュエルはそっと手で制した。

「優秀な者には必要な物を必要なだけ与える。それが最も効率的なやり方だ」

「しかしロッシュの旦那（だんな）――」

「勘違いするな。これは獣対から君の娘への依頼ではない。僕個人からハミングバードという天才ハッカーへの依頼だ。そう理解したまえ。……ではハミングバード。君の実力を見せてくれ。君ならできるのだろう？」

サジュエルが琴莉に微笑みかけると、それを受け取った彼女もまた不敵な笑みで返した。サジュエルの態度と言葉には、彼女の心の底にあるどこか後ろめたいような気持ちを、容易に吹き飛ばしてしまう力があった。

「楽勝」

琴莉は早速椅子にその身を投げ入れて、ディスプレイの電源を入れる。彼女がキーボードを叩くと間もなく剝き出しのファンが羽音を鳴らし、真っ黒な画面には文字の羅列が浮かんだ。

明らかに普通のパソコンとは違うその見慣れぬ画面に、仁悟が首を傾げた。

「なんだこのOS。ブラウザも見たことないな」

「自作。弱いのは使いたくないの」

「は？　ならハードだけじゃなく、ソフトまで全部自分で作ってるってことか？」

「当然」

「マジかよ。ハミングバード恐るべし、だな」

事情がよく分からぬヲーレンとサジュエルを措いて、仁悟だけが呆気にとられている中、琴莉の指は超絶技巧のピアニストよろしく凄まじい速さでキーボードの上を駆け巡っていく。

「おおお……人間業じゃないな、これは」

6個もある画面のあちらこちらで何かのグラフや濁流のような文字の波、そして魔法陣の画像が現れては消えてゆく。サジュエルがそれを眺めながらふと琴莉の横顔を見ると、彼女の口角は楽しそうに持ち上がっていた。

（なるほど……）

何かを察したようにサジュエルは微笑み、そうこうしているうちに琴莉が、

「……終了。見つかった」

曲を締めくくるように最後のキーを叩く。すると印刷機が何かを刷りながら一枚の紙

を吐き出し始めた。

「それが魔法陣売った人の住所」

「なに、もう見つかったのかよ。5分もかかってないぞ」

「こりゃ大したもんだな……」

驚く大人たちの横で琴莉は静かにブラックカードを見つめていた。そして何を思ったのか、それをいきなりサジュエルに突き返した。

「やっぱりこれ、いらない」

「……何故だ？　報酬が必要なのではなかったのか？」

「必要。でも別のものにする」

「別のもの？」

三人が問うように彼女を見ると琴莉は少し間をおいてから答えを口にする。

「私にも手伝わせて。パパの仕事」

その台詞にヲーレンの顔つきが険しくなった。

「駄目だ」

「なんでよ」

「なんでもだ。刑事の仕事なんざお前には向いてねえ」

「なにそれ。理不尽。勝手に決めないで」

「とにかくダメなもんは駄目だ」

外見はともかく琴莉の頑固な性格はどうやら父親譲りのようで、ヲーレンが多少言葉に怒気を込めたところで彼女は一向に引き下がらなかった。

「大体私がいなかったらその犯人だって見つけられなかったんでしょ？　だったら必要なんじゃないの？」

「お前が断わりゃ別の奴に頼むだけの話だ」

「別の奴って誰よ。言っておくけど警察なんかじゃあそこまで調べられないわよ？」

「そりゃお前……アレだ、その——」

「ほら。いないんじゃん」

突如として始まった親子戦争に仁悟がどうしたものかと考え倦ねていると、しかしまたしてもサジュエルがすっぱりと割って入った。

「ならば僕が雇おう。それで解決だ」

ヲーレンと琴莉が二人して「は？」と目を丸くする。

「しかしロッシュさん。琴莉はまだ16になったばっかりで——」

「それなら好都合だ。才能を開花させるのは若いほどいい。それにどうせ真っ当な手続きを踏んでいては、すぐに刑事になることなどできやしないのだろう？　ならば僕の助手として働けばいいのだ。給料は仔犬くんの3倍出そう」

「は？　いやでも——」

「何度も言わせるな。僕が決めたことだ」

サジュエルがそう告げるとヲーレンは一旦口をつぐんだが、しかし念を押すように訊いた。

「こいつは頑固でとんでもねえ跳ねっ返りだが、それでも俺の大事な娘です。くれぐれも危険なことだけはやらせねえでくださいよ？」

「危険だと？　馬鹿なのか君は。僕の助手になるということは、この世界で一番安全だということだ。たとえ魔王が相手でも指一本触れさせやしない」

「そうですか……。まあ旦那がそこまで言うなら。じゃあ娘をよろしくお願いします」

そう言ってヲーレンが手を差し出すと、サジュエルは「任せたまえ」とその手を強く握った。

＊

南湾岸署は近年ウォーターフロントに創設された所轄署で、真新しい建物は有名な建築家が設計を手がけたとあって、警察署というよりはデザイナーズマンションか何かに見える。制服もシルエットが少し細身で、警官とは判るもののお堅い公務員的なイメージは払拭されている。

そんな南湾岸署のいかにも真面目そうな若い男性刑事が、かなり緊張した面持ちと敬礼でもって依吹を出迎えた。

「お疲れ様です。南湾岸署の関根です」

「本庁捜査六課、獣対の如月です。お待たせしてすみませんでした」

しかし車から降りてきた彼女を見て、関根の緊張は少し解れたようだった。

「あ――」

「……？　どうかしました？」

「いえ、すみません。こんなことを言っては失礼かもしれませんが、もっと強面の方を想像していたもので、つい」

大都市であれば所轄においても魔法犯罪を担当する課なり係なりは存在する。しかし魔獣のみに特化した部署というのは全国でも警視庁のみ――捜査第六課の魔獣対策室をおいて他にない。つまり獣対の捜査官というのは、本庁のエリート集団の中から更に選りすぐられた戦闘のプロフェッショナルというイメージが強いのだった。

しかしそんな思い込みをあっさりと覆された関根は、率直な感想を述べるとともに頭を下げ、一方の依吹は照れ臭そうに苦笑いした。

「あはは、よく言われるんです。こんな小娘に獣対の仕事が務まるのかって」

「あ、すみません、そんなつもりでは――」

「いいんです。うちの室長もいまだに私を『嬢ちゃん』呼ばわりですし。それに実際、私は刑事としてもまだまだ未熟者ですから」

屈託の無い笑顔を見せる彼女につられて関根の顔も自然と和らぐ。

「……良かったです。獣対からお越しになった人が貴女（あなた）のような方で」

「？　どういう意味ですか？」

「保護したセイレーンはかなり怯（おび）えている様子でしたので。自分も少し会話を試みてはみたんですが、どう接しても口をきいてくれなくて」

「ああそれは――、とりあえず案内してくれますか？」

「ええもちろん。どうぞこちらです」

　関根の案内で依吹が通されたのは南湾岸署の医務室だった。白い内装はまだまだ真新しく見えて、建材と薬品の人工的な香りが混じり合い微（かす）かに鼻腔（びこう）をくすぐった。

「軽傷で手当ても済んでいるんですが、取調室だと少し空気が重いので」

　前室で関根がそう説明すると依吹は「なるほど」と頷（うなず）く。

「それと彼女についての情報です。名前はアシュリン・マーフィー。年齢は21歳で前科（マエ）はなし。種族はアイリッシュ・セイレーン。日本国籍の父親とアイルランド国籍の母親を持ち、現在は港（みなと）区のアパートで一人暮らしをしているようです。ここまでは亜人局の照会で分かりましたが、肝心な事件の詳細についてはまだ――」

「充分です。ありがとうございます」

　依吹が部屋のドアを開けると、糊（のり）の効いた白いシーツの上に緑色のロングヘアの女性が座っていた。カジュアルなブラウスに赤いキャップ。女性は哀しそうにうつむいていて、依吹が入ってきても顔を上げることはなかった。

「アシュリン・マーフィーさんですね？　私は捜査六課の如月依吹と言います」

依吹が腰を落として目線の高さを合わせると、アシュリンは少し首をもたげて彼女の顔を見た。反応があって幸いと、依吹は肩に掛けていたバッグからペンとノートを取り出し、それを丁寧に両手で持ってアシュリンに渡す。

「事情はある程度把握しています。お話して頂けるならこれを使ってください」

アシュリンはそれを受け取りはしたものの、しかしノートの上のペン先が動き出すことはなかった。そしてしばらくすると彼女は何かを思い出したかのように身体をびくりと震わせ、透き通った雫でページを濡らし始めた。

依吹が関根のほうへ振り返って無言で頷くと、関根はすぐに意図を察して静かに部屋を出てゆく。

「アシュリンさん――」

依吹はできる限り穏やかに語り掛け、声もなく泣いているアシュリンの頭を、帽子が脱げぬよう優しく抱き寄せた。小刻みな振動が心に響き、痛い。

「怖かったよね。辛かったよね。……ごめんなさい、助けてあげられなくて」

事が起きてからしか動けぬ刑事の仕事は、ある意味では常に手遅れなのだ。依吹はそれを当然のことだと理解していたし、初めて徽章を手にした瞬間から覚悟もしていたつもりだが、こうして被害者と向き合うときにはその歯痒さと寂寥感を完全に拭い去ることはできない。

しかし、だからこそ——と彼女は思う。

「聴いてください、アシュリンさん。今貴方の心がとても深く傷ついているということは分かります。私も昔、大切な人の命を魔獣に奪われたことがありますから……」

その台詞にアシュリンが顔を上げると、

「でも、だからと言って、私があなたの心の傷を癒せるだなんて無責任なことは言いません。その代わり——」

依吹は口調を強めても声を大きくすることはせず、毅然とした表情で告げる。

「あなたとあなたの大切な人を傷つけた犯人を、必ず捕まえてみせます。これ以上の犠牲者を出させるつもりはありません。ですからアシュリンさん、どうかあなたが見たことを、私に聞かせてくれませんか？」

するとアシュリンはこくりと小さく頷いてから、徐々にペンを動かし始めた。

＊

「つまりその三浦という男が、セイレーンとその彼氏を襲った犯人というわけだな？」

運転中の仁悟がイヤホン型のヘッドセットで依吹に尋ねる。

『そうです。アシュリンさんは水族館で飼育係のバイトをしていたそうですが、副館長の三浦が来ると魚たちが凄く怯えるんだとか。それで彼らに話を聞いてみたんだそうです』

「彼らってのは？」

『魚やイルカたちだそうです』

「そりゃ凄いな。さすがセイレーンってところか」

『それでアシュリンさんはそのことを恋人に話し、二人で三浦の行動を調べていたところ、閉館した水族館で何かを呼び出しているのを目撃したそうです。しかしそれを警察に通報する前に――』

「犯人の三浦にバレて襲われた、ということか」

『そういうことみたいです。透過の魔法陣はいざという時のために購入したものだと。あれが違法だという認識はあったそうですが』

「なるほど。合点がいった」

『ちなみに犯人の三浦は魔法技能士の免許を取得しているそうです』

依吹の声からは微かな落胆と憤りが感じられる。犯罪者というだけでなく、同じ魔法の徒としてそれを犯罪に使ったことが許せないのだ。

「分かった。とりあえずお前は水族館に向かえ」

『神島さんは？』

「俺は今クソ――……ロッシュと一緒に魔法陣の売人のとこに向かってる」

『もう判ったんですか。早いですね』

「ああ。とびきりの助っ人がいたからな」

『助っ人？　了解しました。気をつけてくださいね』

「お前もな。ナラさんも向かってるから、早まって無理するなよ？」

「大丈夫ですって。反面教師がいますから」

依吹がそう言い残して通話が切れた後、助手席のサジュエルは単調に横滑りしていく高速道路の景色を退屈そうに眺めつつ、仁悟に尋ねた。

「彼女の応援に行かなくていいのかね？」

「いいんだよ。あいつはあいつで頑張ってるんだ。過剰なお守りはプライドを傷つけるだけだろ。俺も新米の頃はそうだった」

「ほう、これは驚きだ。君にも一応気遣いという概念が備わっていたのだな」

「お前が言うな。それよりなんで琴莉ちゃんを助手なんかにした？　ナラさんは納得したふうだったが、やっぱり父親としては内心気が気じゃないはずだぜ？」

車が高速を降りると都会の色は薄れ、高層ビルなどの代わりに空き地や古びた工場などが目立ち始めた。

「彼女は特殊だ。興味がある」

「特殊？　まあパソコンの才能は凄いが、それ以外は普通だろ」

「だからその才能が特殊なのだ。亜人の中には、自身に宿る魔素で無意識に強化付与(エンチャント)を行う者がいる。先天的強化(ギフテッド)というやつだ。それ自体が才能のひとつではあるが、ドワーフの場合はそれによって己の筋力を強めるのが普通なのだ。というより僕が知る限りでは、それ以外の強化付与(エンチャント)ができるドワーフというのは存在しない」

「じゃあ、あの子がそれをしてるっていうのか？」

「ああ。彼女は他のドワーフとは違う。金属性(グル)の魔素を繊細に操り、脳の処理速度を飛躍的に向上させているのだ。コンピュータを扱っている時には、特にそれが顕著だった」

「ようするにパソコンに特化した強化魔法、みたいなもんか」

「そう考えるべきだな。当たり前だが、ドワーフに限らずああいうタイプの能力は過去にいなかった。しかも外見はドワーフが遥(はる)か昔エルフだった頃のものに戻っている。先祖返りというやつだ」

「たしかにめちゃくちゃ美人だったな」

人通りや民家がほとんど目につかなくなってきたところで、車のナビからポーンという淡い電子音がした。

「見えてきたぞ。あそこが売人のアジトだ」

仁悟が目を向けた先には、雑草が茂る空き地の真ん中に、茶色い平屋の廃工場か倉庫のような建物がぽつんと建っていた。

赤茶けた鉄の柱は根元を低木の草花に覆われ、強い日差しを避けるようにそこで蝶(ちょう)が翅(はね)を休めている。車を降りた仁悟とサジュエルが容赦なく雑草を踏みつけて建物に近づいていくと、蝶は不穏な空気を察知したらしく早々に飛び去っていった。

「倉庫……いや工場か。なんにしても相当古いな。使われてる感じはないが」

壁はどこもボロボロで、所々剥（は）がれた木壁の隙間をトタン板が塞（ふさ）いでいる。しかしそれすらも随分と昔に施されたものであるらしく、表面は錆（さ）びて雨垂れの跡が目立っていた。

正面のシャッターは完全に閉じられていたため、二人は建物の壁に沿って周囲をぐるりと回っていく。すると裏手には唯一真新しいアルミドアが設置されていた。

「前言撤回だな。使ってる奴がいるらしい」

仁悟は独り言のように呟（つぶや）くと、懐から取り出した廻塡魔導拳銃（エーテルリボルバー）を握り静かに深く息を吐く。そして彼がドアノブに手を伸ばした瞬間、建物の中から男の悲鳴が聞こえた。

「！」

仁悟はためらいなくドアを蹴（け）り、蝶番（ちょうつがい）ごと吹き飛んだドアと一緒に中へと飛び込む。

鉄と埃（ほこり）と機械油の臭いに混じって、新鮮な血の匂いが彼の鼻を衝（つ）いた。

「警察か!?　た、たすけ――」

中にいたのはアウトロー風の男、そして巨軀（きょく）の魔獣。怯（おび）えきった男は何かを叫ぼうと口を開いたが、しかしその先の言葉を発するよりも前に魔獣によって頭部を丸々握り潰（つぶ）された。頭蓋（ずがい）の砕ける湿った音が、背の高い空間に響き渡る。

「こいつは――!!」

「スブッカスだ」

換気扇からスジ状の光が射し込んで、その巨大な魔獣の顔を照らし出す──。

血走った小さな瞳と下顎から天を衝くように伸びた2本の牙。人間に似た身体はグレンデルをさらに大きくしたようで、対峙してみると視界が埋まり空間ごと圧し潰されそうな感覚になる。それは正にサジュエルが執務室で仁悟らに見せた、あのスブッカスの姿だった。

「マジか、話が違うぞ⁉　こいつ3メートルはある！」

「だからネットの情報など信じるなと言ったのだ」

サジュエルは黒檀のステッキを小脇に挟んだまま、泰然とした様子で周囲をじっくりと見回す。そして近くにあったデスクに歩み寄ると、その上に平積みされていたファイルを手に取る。

「ほう。ここに一通り証拠となりそうな情報が載っているな。魔法陣のリスト、顧客の名前や住所、それに勤務先まで書いてある。ここが犯人のアジトで間違いないようだ」

「お前、そんなこと言ってる場合か！」

スブッカスはそんなサジュエルを無視して、雄叫びを上げながら仁悟に迫る。鼻息荒く歩きながら落ちていた鉄の廃材を拾い、それを大上段に構えるといきなり彼に向かって振り下ろした。

「‼　っぶねえッ！」

横跳びで躱す仁悟。転がり膝をついた状態でそのままリボルバーを撃ち返す。しかしその弾丸はスブッカスが構えた鉄骨に弾かれた。

「野郎、武器を使えるっていうのか？」

　100キロはゆうに超えるであろう鉄の棒を振り回し、仁悟がそれを避けるたびに工作機械や壁が破壊されてゆく。鈍重そうな見た目よりも大分速いその攻撃に仁悟は苦々しく舌打ちをした。

「っのブタ野郎、見た目より速いな！」

「ブタではないよ仔犬くん。イノシシだ」

「どっちでもいい！　つーかなんで俺ばっかり狙いやがる⁉　そっちにヒョロいのがいるだろうが！」

　悪態を吐きながらも俊敏に動き次々と繰り出される攻撃を避けてみせる彼に、スブッカスは業を煮やしたのかついに鉄骨を投げつけてきた。仁悟はそれをも華麗に避けると、巻き上がる埃の中で一瞬彼を見失ったスブッカスに狙いを定める。

「ボディがガラ空きだ」

　ためらいなく引き金を2回。反響する発砲音。貫通した魔素導体弾はスブッカスの胴体に血管を浮かび上がらせ、膨張に耐えかねた血管が間もなく破裂する。

　おびただしい鮮血を上げて巨体がズシンと崩れ落ちた。

「デカい得物をブンブン振り回してるから疲れるんだよ、少しは頭使え」

「そんな台詞を君に言われるとは、さぞ屈辱だろうに。僕なら憤死ものだ」

「いちいちうるせえな。少しは手伝え」

懐のホルスターに銃をしまう仁悟。しかし倒れたスブッカスはまだ死んではいなかった。背後の血溜まりの中からのそりと起き上がる。

「このブタ、まだ生きてやがっ——⁉」

そして今度はサジュエルに向きを変え、天高く拳を振り上げた。

「危ねえ！　避けろクソエルフ！」

焦る仁悟が再び拳銃を抜くも、スブッカスの拳槌はそれより早く振り下ろされる。

「ッ——‼」

しかし丸太のようなその腕は、サジュエルの頭上でピタリと止まった——否、止められていた。サジュエルはファイルに顔を向けたまま、片手で平然とそれを受け止めたのだった。

「やれやれ。仔犬くんとだけ戯れていればいいものを——」

困惑するスブッカスの手首にサジュエルの指が牙の如くズブリと食い込む。みるみる血が流れ出て、スブッカスは叫び振り解こうと暴れるが、しかしサジュエルの身体はそよ風を受ける枝葉ほどにも揺るぎはしなかった。

「力比べなら僕に勝てるとでも思ったのかね？　それなら思い違いもいいところだ」

彼はファイルを片手でパタンと閉じるとようやく顔を上げ、目の前で悶絶している巨大な獣に目をくれると手を離した。

スブッカスは、指についた血をハンカチで拭うサジュエルから距離を取ると、恨めしそうに呻きながら彼を睨んだ。

「どうした、かかってこないのか？」

しかしスブッカスにできるのはそれだけで、そこから再び攻撃に転じることはなかった。

（マジかよ。あのデカブツがビビってやがる……）

その光景を見た仁悟の感想に間違いはなく、スブッカスはサジュエルの冷ややかな眼力に気圧されて、金縛りにあったような状態なのだった。そうしている間にも腹の銃創からは大量の血が溢れ、やがてスブッカスは膝をついた。

「それではご退場願おう――」

サジュエルはハンカチを投げ捨て、ステッキをくるりと回して床を突く。

「と言いたいところだが、スブッカスごときでは幕すら上がっていなかったか」

落胆気味の表情で指をひと鳴らし。その直後にスブッカスの真下の床を突き破って生え出た鋭利な樹木が、その巨体を串刺しにした。

「!?」

驚く仁悟の目の前で、樹の槍は凄まじい勢いをもって一気呵成に屋根まで貫き、みるみるうちに横に枝葉を拡げて工場を覆う巨大な広葉樹となった。

仁悟はそれを見上げつつ呆気にとられて口を開く。

「なんつー威力だ……。なんなんだこの魔法は」

「これは僕専用の魔法——君らが言うところの禁呪、ミスティルティンという魔法だ」

「お前はまたそういう危ないモンを……。手伝えとは言ったがいちいち派手にやりすぎだ。屋根までブッ壊れてるじゃあないか」

「別に構わないだろう。そもそも君はこの世界に木が何本あると思っているのだ？　たかが1本増えた程度ではさしたる影響もない」

「そういう問題じゃないんだが」

呆れた様子の仁悟。サジュエルはそんな彼にファイルを押し付け、自分は早々に裏口へと足を向ける。

「おい、どこ行くんだ？　売人は？」

「そこで死んでいる男がそうだ」

「なに？　こいつが？」

「ああ。ここにある靴跡は僕らの分を除けばひとつしかない。つまり出入りしていたのはその男だけということだ。恐らく僕らが来たことに気づき、慌ててそこのスブッカスを召喚したのだろうが——」

サジュエルは振り返って、無惨にも頭を潰された男の死体に目をやる。

「スブッカスは凶暴だ。召喚は容易でも使役するのは難しい。売人だけあって魔法陣を扱うことはできるようだが、モンスターの知識までは足りていなかったようだな」

「じゃあこの男もホラの時みたいに自滅したクチか……」

「だがそんなことよりもだ、仔犬くん。そのファイルの購入者リストを見てみたまえ。5ページ目の下から3番目に三浦という名前がある。恐らく例のセイレーンたちを襲った男だ」

「マジか。三浦もこいつから魔法陣を買っていたのか。なんの魔法だ？」

「オークを召喚する魔法だ。ホラとは違って生贄は必要とせず、近くに大量の水さえあれば召喚できる」

「なんだと……？　じゃあ今のブタ野郎がまた出てくるってのか？」

「いや違う。さっき倒したのはスブッカスだと言ったはずだ。僕がモンスターをオークと呼ぶときは、それが正式名称である場合だけだ」

＊

水色とエメラルドを基調としたドーム風の建物。正面に構えるアーチ状の門扉には『ブルーエデン台場』と書かれている。

そこで合流した依吹とヲーレンは営業中のその水族館へと足を踏み入れた。券売機がある受付の係員に声をかけ、他の従業員や来場客には内密にと念を押してから、従業員用の裏口から中へと入り館長室へ。

「――ではうちの三浦がその殺人犯だと？」

白髪で小太りの館長は驚きを隠すことなくそう聞き返した。

「そうです。それと違法な汎用記述式の使用と、魔法不正執行の嫌疑もかかっています」

「なんてことだ……そんな素振りは一度も――」

依吹の説明に頭を抱える館長にヲーレンが尋ねる。

「で、その三浦はどこに？」

「あ、ああ、彼なら今イルカショーの準備に。プールスタジアムにいるはずですが」

「へえ。部下を殺しといて平然と仕事たぁ、頭がどうかしてやがるな」

すると依吹が少し考えてから、

「いえ……ひょっとすると……本来の目的をまだ達成していないのでは？」

「どういうこった？　魔獣は一度召喚しちまったら半日かそこいらで消えるんだろう？」

「そのはずですが――」

彼女が釈然としない様子で悩んでいるところでヲーレンの携帯が鳴った。

「神島からだ。――おう俺だ。そっちはどうなった？」

『こっちは片付きました。それより売人が持っていた顧客リストに三浦の名前が』

「なんだと？　んじゃ奴さんの魔法陣もそいつから買ったってことか」

『ええ、それで問題が。クソエルフの話じゃ、三浦が買った魔法陣はオークっていう凶暴な魔獣を呼び出す代物だそうです。恐らく銀竜会やセイレーンを襲ったやつです』

「そりゃマズいな……」

電話口から漏れていた仁悟の声は依吹にも聞こえていたようで、彼女はその言葉にハッとなってスマートフォンに顔を近づける。

「神島さん！　その魔獣の召喚条件は!?」

『如月か？　俺も詳しいことは分からないが、クソエルフが言うには結構な量の水が必要らしい。それさえあればあとはどうにでも――』

そこまで聞いて依吹は部屋を飛び出した。

「お、おい嬢ちゃん！」

ヲーレンの制止の声も聞かずに廊下を走る彼女の耳に館内アナウンスが響く。

『間もなく、屋外中央プールスタジアムにて、イルカショーが始まります。混雑が予想されますので、ご観覧を希望のお客様は、お早めにお越しくださいませ』

まがり角でぶつかった従業員に道を訊く。

「すみません！　プールスタジアムは!?」

「え……、あそこの突き当りを右ですけど……」

「ありがとうございます！」

再び疾走。その胸に不安と焦燥感が募る。間もなく辿り着いた両開きのドアを勢いよく開け放つと、正面からまばゆい陽光が依吹の目を打った。目を細めて見据えた先には巨大な円形プールと、周囲の観客席を埋め始める人々。

「もうこんなに人が……」

依吹が立っているのは擂鉢状になったスタジアムの最上段で、そこからは会場全体が見渡せた。彼女がざっと辺りを見回すと、プールサイドにいる従業員の帽子を深く被った男が、やたらと周囲を気にしながら何かの準備をしている。そのズボンの背中側には魔法士が使う短い杖を差していた。

「あいつ――！」

大勢の人間や亜人たちがいるとはいえ、数多ある観覧席はまだ半分ほどが空いていた。依吹の見立てでは今会場にいるのはざっと二百人といったところ。しかしこの人数を丁寧に誘導していたのでは三浦に逃げられてしまう――そう悟った彼女は、瞬時に心を決めるとジャケットの下から取り出した小さな拳銃を空に向かって発砲した。

「警察です！　皆さんすぐにここから避難してください！」

たちまち会場がざわめき立つ。その悲鳴や戸惑いの声に負けぬよう依吹は大声で行動を促すが、その間も彼女は視線をプールサイドから離さなかった。

一方三浦は逃げ惑う観客の向こう側に彼を睨む依吹を見つけると、すぐに自分が置かれている状況を察知したようだった。

「くそっ！」

腰に差していた杖を素早く抜くなり、その先端を額に当てつつ霊文を唱える。

「瀑布(ばくふ)、躍る海嘯(かいしょう)、泡沫(ほうまつ)の青、波を呼ぶ者、水の大魚——」

しかし一方の依吹はその構えを見てもためらうことなく、階段を駆け降り三浦に向かって走りながら、こちらも杖を抜く。

「沃地(よくち)、堅石と砂礫(されき)の砦(とりで)、豊饒(ほうじょう)の橙(だいだい)、育(はぐく)む者、土の蜈蚣(むかで)——」

そして互いに詠唱を終えて二人の距離も縮まったところで、三浦と依吹はほぼ同時に杖を相手に差し向けた。

「水属性魔法執行(エレメンタル・ヴァトン)！　水流よ、我が敵を打て！」

「土属性魔法執行(エレメンタル・サンドル)、土よ壁となり——」

すると三浦の杖から放たれた散弾銃のような水飛沫(みずしぶき)が、依吹の足元から出現した石の壁に遮られる。

「なにっ⁉」と声を上げた三浦の前で、依吹はさらに杖を踊らせた。

「——取り囲め！」

彼女の声に応じ、石壁はさらに大きくなって三浦を囲う壁となる。

「土属性(サンドル)は水属性(ヴァトン)を剋(こく)し、堰(せ)き止める。属性の相性を考えればこういう使い方もできるんです」

「くそっ！　出せ！」

四方を封じられた三浦が中から壁を叩(たた)く。そして依吹がほっと一息ついたところで、先程彼女が出てきた扉を抜けてヲーレンが現れた。

「嬢ちゃん！」

「栖橋さん、先走ってすみません！　お客さんの誘導をお願いします！」

「な——」

混乱した客席を見てヲーレンはすぐに状況を察する。

「分かったあ！　三浦はどうした⁉」

「この中に閉じ込めましたが、まだ魔獣を見つけてません！」

その二人のやり取りが終わるかどうかというときに、壁の中で何やら声がした。依吹がそれに反応して壁のほうへと振り向くと、直後に背後のプールで激しい水飛沫が上がった。

「‼」

客席とプールを仕切るアクリル板が弾けるように割れ、一気に水が流れ出す。そしてその激流の中から現れたのは体長7、8メートルはあろうかという巨大な水の獣。

「なんだこいつァ⁉」

ヲーレンと依吹が目にしたものは魔獣オークだった。一言で表現するならばそれは毛皮をまとったワニである。水牛のように長くて真っ白な毛で全身が覆われており、カエルのような開いた指の間には水かきが付いている。しかし爪と牙はワニの持つそれよりももっと獰猛で禍々しく、滴る水は獲物を狙う涎に見えた。

「これが……オーク⁉」

驚いて目を瞠る依吹としばし言葉を失っていたヲーレンだったが、しかしその凶暴な魔獣に怯むようなことはなかった。即座に廻填魔導拳銃を抜いたヲーレンが客席で大声を上げる。

「皆早く外へ出ろ！　嬢ちゃん、こいつは俺が引きつける！　お前は犯人を確保だ！」

「了解です！」

オークはのそりのそりと腹を引きずりながらゆっくりとヲーレンに向かって近寄ってきた。会場の観客があらかた逃げおおせたと見た彼は、慎重にその眉間へと照準を定める。

「これだけ遅けりゃ外しようがねえってもんだ」

引き絞るように引き金を握り発砲。しかしその弾丸は想像よりも硬い音を立てて弾かれた。

「なにっ⁉」

続けて撃った2発目と3発目も同様に虚しく弾かれる。無論オークには一切ダメージが無い。

「こいつ、毛の下に鱗でもあんのか⁉」

彼の推測はあながち間違いとも言えず、実際オークの皮膚は並の鱗や甲羅などよりもずっと頑丈なのだった。しかもその皮膚は常に滑りを帯びており、刃物や弾丸は少し角度が違っただけで軌道を逸らされる。

ダメ元で撃ったもう1発が果たして無駄になったことを確認すると、ヲーレンは銃を持ったまま横に跳ぶ。そこへ突然瞬間的な加速をみせたオークが飛び込み、彼が今いた空間を抉り取るようにバクンッと喰らった。勢い余った巨大な体軀が、床に固定された椅子を薙ぎ倒す。

「ちぃ、厄介な奴だぜ」

とは言ったものの、観客席は段々になっていて、固定椅子の列も大人ひとりがギリギリ通れる程度の狭い間隔だった。オークにとってそれは相当に足場が悪いらしく、ヲーレンが列の隙間を縫うように逃げると、彼を追おうにも巨体が邪魔して中々進めない。しかし逆にヲーレンからしてみても、逃げるのは容易だがこれといって有効な攻撃が無いために倒すことができない。

（こうなりゃ術者をなんとかするしか——）

ヲーレンがプールサイドに目を向けると、いつの間にか石の壁は消え去っていて、代わりに依吹が三浦を組み伏せて後ろ手に手錠を掛けていた。

「早くあの魔獣を止めなさい！」

「そのつもりはない。止めたければ術者の俺を殺せばいい。もっとも警察にそんなことはできんだろうがな」

体勢とは逆に勝ち誇った様子で笑う三浦。依吹は歯痒そうに唇を噛むと、客席で暴れるオークを睨んだ。

「楢橋さん！」

「おう嬢ちゃん、そいつにこのオーク止めさせろ！」

「無理そうです！　でも私がなんとかしますから、こっちに誘導してくだい！」

「なんとかったってお前――」

「危ない！」

一瞬の隙をついて攻め寄るオーク。ヲーレンは依吹の声と同時に、すんでのところでその牙を躱(かわ)した。

「うおっ！　っと……分かったそっちに連れてくぞ！」

「お願いします！」

先程までは依吹から離そうと動き回っていたヲーレンは一転して、障害物走の如く椅子を乗り越えながら真っ直ぐ彼女のもとへ走る。依吹はその姿を正面に捉(とら)えつつ、彼の後ろから迫るオークを見据えた。

（水棲(すいせい)生物なら土属性(サンドル)の魔法は有効なはず。でも弾丸を弾くほど硬いなら直接攻撃は通用しない。だったら――！）

考えを巡らせ、次に打つべき一手を導き出す。

「土属性魔法(エレメンタル・サンドル)執行！　砂よ波うて！」

杖(つえ)を振りかざし突きつけるようにオークを指し示す。するとその動きと言葉に応じて、突如宙に湧き出た大量の砂が津波の如くオークに覆い被さった。

砂はオークの体表を這いながら包み込み、みるみるうちにその体から水分を奪ってゆく。初めのうちは激しく身もだえしていたオークは、砂が水分を吸い尽くして黒くなる頃にはほとんど動かなくなった。

「これで……いけるはず！」

やがて魔法の砂がサラサラと消え去ってゆくと、白い毛は抜け落ち、茶色い皮膚が乾いてひび割れた哀れな獣の姿があった。

「今です楢橋さん！」

「ナイスだ、嬢ちゃん！」

ヲーレンは再び廻填魔導拳銃を構えてオークを射撃。弾丸が眉間を貫通すると巨体が震え、間もなく頭蓋の中でくぐもった破裂音が鳴った。

オークの目や鼻や口から血が溢れ出し、そしてそれが魔獣の絶命を語っていた。

「ふぅ、なんとか片付いたが――」

ヲーレンは巨大な獣の骸と好き放題に破壊されたプールスタジアムを見回して、

「こりゃまた書類の山だな……」

これでもかという大きな溜め息を吐いた。

＊

ブルーエデン台場の周りには例の如く消防車や救急車が集まり、携帯を片手に群がる野次馬は言わずもがな、そこに数台のテレビ中継車までもが加わって、白昼に営業中の水族館で演じられた大立ち回りを伝えていた。

南湾岸署によって封鎖された規制線の中で、ヲーレンは車のボンネットに腰を預けて煙草を吹かす。そこに依吹がつかつかと歩み寄り、彼女は腰に手を当てながら演技じみた態度でたしなめた。

「ここは禁煙ですよ、お父さん」

「堅いこと言うな。それよりなんだ？　その『お父さん』ってのは」

言いながらヲーレンが依吹のほうに顔を向けると、彼女の陰からワンピースにフライトジャケットを纏（まと）った少女がひょっこりと姿を現した。

「琴莉……お前、なんでこんなとこに――」

彼女はずいと前に出てヲーレンの煙草を取り上げると、代わりにポケットから取り出した棒付きのキャンディーを手渡す。

「なんだよこりゃ」

「愚問。イチゴ味」

「そういうことじゃなくてだな」

キャンディー片手に困り顔で頭を掻（か）くヲーレン。その様子を見ていた隣の依吹が「気遣ってくれてるんですよ」と言いながら微笑んだ。

「なに、そうなのか？」

ヲーレンが驚いた表情でそう問うと、しかし琴莉は無言でそっぽを向いてしまった。

「……難しいもんだ」

ぼやきながらキャンディーの包み紙を取り、頬張る。

「それで嬢ちゃんのほうは、聴き取りは終わったのか？」

「はい。三浦は詠唱式魔法を使用する恐れがあるので署に戻ってからになりますが、館長や他の職員からは概（おおむ）ね。動機は復讐（ふくしゅう）の線が強そうです。逆恨みとも言えますが」

「恨み？　この水族館にか？」

「多分。館長の話によると、三浦は20年近く前からこのブルーエデンに勤めていたそうで、勤務態度が真面目であるという以外に、特に優れたところはなかったそうです。そして近年の経営状態の悪化から、2週間前に三浦に退職勧奨をしたそうです」

「なるほどな。長年真面目に勤めあげた会社に見放され、ヤケになっちまったってわけか。それでひと騒ぎ起こして全部道連れにしてやろうって考えたのか」

ヲーレンはキャンディーをくわえたまま腕組みをして、気難しい顔で唸（うな）った。

「歌舞伎町の件に関しては、恐らく魔獣の試験運用が目的だったのではと思います。標的に反社を選んだのは、ひょっとしたら世直しのつもりだったのかもしれません。なんにしても迷惑な話ですけど」

「そうだな。だがな、嬢ちゃん――」とヲーレンは、地面に落としていた視線を持ち上げて、遠い空で不吉に漂い始めた黒雲を見つめる。

「悪いことが起きたときってのはよ、そいつを誰かのせいにしちまえば人は迷わずに済むんだ。たとえその道が間違いだと分かっていてもな。それが人の弱さで、犯罪がなくならねえ理由のひとつでもある」

「そうかもしれませんけど、だからって認められませんよ。身勝手っていうんです、そういうのは。現にアシュリンさんたちのような人がいて、それに私たちは警官なんですから」

依吹が憤慨するような素振りを見せてそう言うと、ヲーレンは「違えねえ」と同意して頷く。そしてそこで、遠くから仁悟の威勢の良い声が聞こえてきた。

「ナラさーん！」

「ん？　おう神島！」

駆け寄ってくる仁悟と、その後方にはステッキを片手に悠々と歩いてくるサジュエルの姿が見える。

「お疲れ様です、ナラさん。どうやらオークは片付いたみたいですね」

「嬢ちゃんのおかげでな。でそっちはどうなった？　犯人は見つかったのか？」

「まあ一応。顧客のリストは手に入れたんですが、肝心の売人のほうは殺されました。つってもある意味、自殺みたいなもんですね」

「なるほど。ならとりあえずこの事件(ヤマ)は終わりってことだな」

「リストは押さえたんで、あとは出回ってる魔法陣の回収だけですかね」

そうして二人が話をまとめ、依吹や琴莉の顔にも微(かす)かな安堵(あんど)が見て取れるようになったとき、彼らの背後でドサリと何かが倒れる音がした。すぐに依吹が振り返って見ると、そこには力なく倒れているサジュエルの姿があった。

「ロッシュさん⁉」

「おいどうした、クソエルフ！」

「……おか……しい……。身体……が……何か——」

突如視界が回り、ゆっくりとフェードアウトしてゆくサジュエルの意識の中では、駆け寄ってきた皆の声が耳鳴りとともに響いていた。

＊

警察病院の一室でベッドに横たわるサジュエル。等間隔で鳴る心電図と、眠れるサジュエルの呼吸は穏やかである。その様子を見守っていた依吹と仁悟は、医師が告げた言葉をそのまま聞き返した。

「魔素不足、ですか？」

「ええ。正式には急性随伴魔素欠乏症と言います。随伴魔素が急激に低減することによって起こる身体の衰弱ですね」

「魔力の急激な低減……そんなことが起こり得るんですか？」

「非常に珍しい部類の疾患ではあります。魔法課の刑事さんであればご存じかと思いますが、生物は呼吸時に酸素などと一緒に魔素も体内に取り込みます。そしてそれは少しずつ体内に蓄積していき、排出されたとしても周囲に留(とど)まり続けるようになる——これが随伴魔素、いわゆる『魔力』と呼ばれるものです」

　医師の説明に頷く二人。

「人間の場合は日常生活においてこの魔力を消費することはほとんどありません。しかし亜人の場合は生理的身体強化といって、無意識にこれを消費し続けています」

「ああアレか。ドワーフの筋力強化とか、そういうやつだな」

「そうです。よくご存じで」

「まあ博識なもんで」と調子に乗る仁悟を、依吹がたしなめるように肘(ひじ)で小突く。

「それでは、ロッシュさんもその身体強化(エンチャント)を？」

「ええ。エルフの場合は代謝に使われるエネルギーを補助することで寿命を延ばしているのですが、これに使われる随伴魔素は年齢に比例すると言われています。そしてこの方の場合、正直信じ難いことなんですが、随伴魔素から逆算した年齢は2千歳を超えていることになります。つまり無意識に消費している魔力量も桁違いに多い」

「マジかよ」と吃驚する仁悟の横で、不安げな表情の依吹が尋ねる。

「じゃあロッシュさんは、もうこのまま目覚めない……？」

するといえ、しかし医師は微笑みを溢しつつ首を横に振った。

「いいえ、その心配はいりませんよ。魔力欠乏の症状はあくまで一時的なものです。今も昏睡しているわけではなく、ただ疲労感から眠っているだけでしょう」

「そうなんだ……。ああ、よかったあ」

ほっと胸を撫でおろす依吹と一緒に、医師は静かに眠るサジュエルを改めて見た。

「それにしても、この方の魔素数値はエルフといえども異常ですね」

「え？　やっぱりそうなんですか？」

「ええ。血液検体から魔素の飽和量を測定してみましたが、常人であれば逆に中毒死してしまうレベルです。そしてなにより驚きなのは、それほど膨大な魔力を保有していたはずなのに、今はそのほとんどを使い切ってしまっているという事実です。一体何をすればこんな状態になるのやら……」

真剣に悩んでいる医師に依吹は苦笑いし、仁悟は呆れた様子で溜め息を吐いた。

「まあ禁呪だのなんだのって好き放題に使いまくってたからな。自業自得だ」

その仁悟の辛辣な意見に、普段であれば1秒と間を空けずに反論するであろうサジュエルだったが、さすがに今はただ安らかな寝息を返すだけだった。

第三章

――20年前。

雪の積もる養護施設の庭。暖色光で満ちた窓から覗く遊戯室では、子供たちがキャッキャと駆けずり回ったり、あるいは隅の机で絵を描いたりパズルを作ったりして遊んでいた。微笑ましいその光景の中には、玩具を取り合う少年というお決まりのワンシーンがあった。

「ねえマーくん、返してよおー」

「なんだよタカシぃ、あっちので遊べばいいだろー」

二人ともまだ見るからに幼く、しかし玩具を強引に奪い取った少年の体は、彼にすがる少年よりも一回りも大きい。どうあがいても勝ち目のない戦いに、小さいほうの子供が涙で白旗を上げたとき、「やめなよ」とさらにもう一人、赤い瞳をした少年が間に割って入った。

「それ、返してあげなよ」

子供ながらに鋭いその眼光は、玩具を抱えたままの少年をたじろがせる。

「や、やだよ……。これボクが見つけたんだから、ボクの物だもん」

「違うよ。この施設のオモチャはみんなの物だって、水崎先生が言ってたじゃん」

そう言って赤い眼の少年が手を伸ばすと、恰幅の良い少年はそれを拒否して振り払う。

「う、うるさい！　あっちいけよ！」

しかしその腕が、差し出された手の先端に触れた瞬間、

「!?」

鋭く尖った爪は図らずも柔らかな皮膚とその下の肉を抉り取っていた。

「いい、いっ、いぎゃあああ！」

傷はそれほど深くなかったが、少年の腕に刻まれた二条の切り傷からは真っ赤な血が溢れ出る。

「ご、ごめ――」

赤い眼の少年は慌てて謝り近寄ろうとしたが、彼の爪から滴り落ちる血が相手の恐怖を加速させ、傷を負った少年はさらに大きな声で泣き叫んだ。悲鳴を聞いた職員がすぐに駆けつけたもののその光景は事情を聴くに至らせず、幼い獣は血塗られた自分の手をただ茫然と、そして困惑した表情で眺めることしかできなかった。

その日の夜、施設の職員室は消灯時間をとうに過ぎてもまだ灯りが点いていた。

「神島仁悟くん、でしたよね。やはりライカンスロープなんて受け入れるべきじゃあなかったんですよ」

「見ましたか、あの傷。まるでいつもナイフを持ち歩いているようなものです。腕だか

らまだ良かったものの、首だったら死んでいましたよ」

「どこか他の施設にお願いするか、うちに置いておくなら他の子と接触しないように隔離するか——」

仁悟少年の処遇について、施設の職員らの意見は概ねそのようなものだった。しかしただ一人若い女性だけが、それに異を唱えるのだった。

「それじゃあまるで魔獣扱いじゃないですか！　仁悟くんは亜人です。ライカンスロープにだって人権はあるんですよ⁉」

ポニーテールとエプロン。特に幼児や児童を担当している彼女は、いかにも優しげな声を精一杯荒らげてみせた。

「しかしねえ、水崎先生。実際に被害が出てるわけですよ」

「被害って、そんな言い方……！　少し腕を切っただけじゃないですか！」

「そうです。ですがそれをやったのは8歳の子供なんです。しかも素手で、ですよ？　解りますか水崎先生？　普通じゃない、普通の人間の子供ならあり得ないことなんです。聞けばライカンスロープの爪は鉄よりも硬いそうじゃないですか。こんなに恐ろしいことがありますか？」

「ですが仁悟くんは素直ですし、とても心の優しい子で——」

「誰だってあのぐらいの年齢なら大人の言うことを聞くものです。それが本当にその子の持つ優しさかどうかなんて、成長してみないと分からないんですよ」

他の職員も賛同するように頷いて、冷たい視線と重たい空気が圧しかかる。水崎がそれを振り払うかのように心を決めて、

「……分かりました。なら私が責任をもって仁悟くんを指導します。彼が何か問題を起こしたら、全て私の監督責任ということにしてください」

そう宣言したことで深夜近くまで続いた会議は終わった。

彼らが帰路についた後も当直として残った水崎は、心労に溜め息を漏らしながらも館内の見回りを兼ねて廊下に出た。すると暗闇の先に、月明かりを背にした小さなシルエットが立っているのが見えた。眼だけが赤く爛々と輝いている姿は、知らない者であれば恐ろしさに声を上げるところだろうが、しかし彼女は怯える様子もなくその影に優しい声をかける。

「どうしたの、仁悟くん。おトイレ？　眠れないの？」

すると仁悟少年はとてとてと小走りに寄ってきて水崎にしがみついてから、潤んだ赤い眼で彼女の顔を見上げた。

「ねえ水崎先生、ボクは普通じゃないの？」

「仁悟くん……、あなた、聞いてたの？」

「聞いてたんじゃなくて、聴こえちゃうんだ。今日はお月様がいるから」

「お月様が――。そう……今夜は満月だったわね」

水崎は子供達が就寝している部屋の方へと目を向ける。そこに辿り着くにはこの場所

から廊下の突き当りを曲がってさらに奥まで進まなくてはならない。

（こんなに離れていてドアも閉めてたのに……）

人間ではどれほど耳をそばだてようが、物音ひとつ聴き取ることはできない距離。それを容易に聴き取ってしまうという事実は、彼がまだ幼くとも普通の人間とは明らかに違う生物であるという証だった。

「仁悟くん、たしかにあなたは普通の子とは少し違うわ」

「そう……なの……？」

不安げな瞳と震える唇で問う仁悟少年に、しかし水崎は良い意味でその事実を肯定するのだった。

「ええ。あなたはとても優しい子。それにとっても強い子よ。だからあなたは自分に誇りを持ちなさい。そしてあなたにしかできないことをするの。そうすればきっと、みんなのヒーローにだってなれるわ」

その台詞を聞いて「本当？」と嬉しそうに目を輝かせる仁悟少年。

「ええ本当よ。先生はそう信じてるの。だからね――」

水崎はしがみついたままの小さな頭を優しく撫でる。

「今はもうおやすみの時間。ヒーローならみんなのお手本にならなきゃね？」

「うんわかった！　おやすみなさい、水崎先生！」

元気を取り戻し走り去っていく小さな背中を、水崎は優しい笑顔で見守っていた。

＊

送迎バスからジャージを着た子供たちがぞろぞろと降りてくる中、丸めていた表彰状をスルスルと開いた仁悟少年は思わず顔をほころばせた。

『優勝　100m走　小学生の部』

例の事件以来、施設の大人たちが彼を見る目つきは変わっていた。無論それは悪い意味での話で、しかしそんな中でも水崎だけは変わらず優しいままだった。それは幼い仁悟少年の心にとって大きな支えとなり、彼は水崎の言いつけをよく守り、また言われぬことでもそれが皆のためになると思えば率先してやるようになった。

掃除や片付けは言わずもがなで、廊下の窓際に並んだリンドウの鉢植えの様子を毎日チェックして、土が乾いていれば水をやり、落ちた花弁や葉を丁寧に取り除いてやったりもした。また子供内で喧嘩や揉めごとがあればすぐに間に入って、決して怪我をさせぬよう注意しながら仲裁するのだった。

その甲斐あってか、彼はいつの間にか子供たちのリーダーのような存在になり、またその持ち前の運動能力を活かして、児童養護施設が合同で開催するスポーツ大会などで活躍するようにもなっていた。

（やった！　水崎先生、これ見せたら喜んでくれるかな？）

10歳になった仁悟少年は、いつものように大会で圧倒的なタイムを見せつけ優勝し、その誇らしさと満足感を胸に軽い足取りで帰路についた。しかしもうすぐ施設に辿り着こうかというところで、彼は妙に多い人影と不穏な雰囲気を感じ取った。

「……なんだろう……？」

モノクロームの車の上で回転する赤い光と、何かを恐れるように囁き合う近所の住人たち。その静けさに胸がざわつく。

仁悟少年は言い知れぬ不安と焦燥に駆られて少しずつ歩を速めた。そして正面の入口に立ったとき、視界に飛び込んできた青い制服が彼の不安を確信に変えた。

「ちょっと君――」

門を立ち塞いでいた警官が仁悟少年を引き留めようと手を伸ばした瞬間、彼の身体は弾かれたように加速してそれをスルリと躱し、一陣の風の如く突き抜ける。

「お、おい！　待ちなさい！」

緊張の汗と血の臭いを辿り、職員や警官の間を縫って廊下を走る。

間もなく行き着いた場所は宿直室で、さすがに一人分の幅しかないドアの前に立つ警官を抜くことはできず、仁悟の身体はその警官にがっちりと抑えられた。

「離してよ！」

「ここは駄目だ。外に出ていなさい。――おい、誰かこの子を連れ出してくれ！」

無理やり中に入ろうとしたところをもう一人の警官が後ろから止める。しかし仁悟の小さな身体はその警官を引きずりながら前に足を踏み出した。

「くっ！　子供なのに……なんて力だ……っ！」

仁悟はさらに強く一歩踏み込んでから振り返って白い牙を見せつける。その獣の迫力に怯んだ警官が一瞬手を緩めると、彼は素早く部屋へと滑り込んだ。

「——!?」

しかし数歩入ったところでその足が止まった。

「そん……な……」

床には割れた鉢植えと散乱した青い花弁、零れたお茶でふやけて歪んだ日誌、そしてそれらと一緒に死体がひとつ転がっていた。まるでミイラのように干からびたそれは、顔だけでは一体誰であるかを判別できる状態ではない。しかし長いポニーテールの髪とピンク色のエプロンは仁悟少年がよく見知ったものだった。

「水……崎……先生……？」

紛れもなくそれは水崎だったはずのもので、しかし今は見る影もないほど無惨な姿へと変わっている。

「先……生……」

慣れ親しんだ光景から現実味が失われていき、見たこともない、見たくもない悪夢へとすり替わってゆく。小さな手に握りしめられていた表彰状は、くしゃくしゃのまま床へと滑り落ちた。

3日後――菊の花に囲まれた写真立ての中で優しい笑顔を見せる水崎に、仁悟少年はそっと手を合わせる。赤い眼はその周りまで真っ赤に腫れ、への字に曲がった口は小刻みに震えていた。

ゆっくりとお辞儀をした後、施設の職員がかける声を無視してそのまま式場を出た仁悟の耳に、大人たちの囁き声がはっきりと聴こえてきた。

「犯人はまだ捕まってないらしい。しかもどうやら魔獣か亜人か、どっちにしてもやったのは人間じゃないって噂だ」

「どっちだって同じようなものでしょう。エルフやドワーフならともかく、やっぱり他の種族との共存なんて無理な話なのよ」

「だよなあ。そういえば去年だったか、事件があった施設で獣人の子が人間の子供を傷つけたとか。全治半年の大怪我だったそうだよ」

「本当に？　ああ怖い。じゃあ今回の犯人もその子なんじゃないの？」

そんな会話の横を、仁悟はただ無言で通り過ぎていった。

＊

暮れなずむ夕陽の土手で、川辺に集まったいかにも不良じみた高校生たちが、学生服を着崩した一人の少年を円形に取り囲んでいる。その数は三十から四十人といったところ。中には暴走族の特攻服を着た者やバットを担いだ者などもいて、当然そのバットが本来の目的で使われようはずもなく、何にせよ健全な青少年とは呼び難い集団だった。

「オメェよ、あんまチョーシこいてんじゃねえぞぉ？」

不良たちの中でも特に恰幅(かっぷく)の良いリーダー格の少年が、改造二輪車に腰を預けながら口を開いた。

「わかってんのかよぉ、なあ神島ぁ！」

その物騒な眼差(まなざ)しで睨(ね)め上げる相手は円の中心でたたずむ孤軍の少年。17歳になった神島仁悟だった。

「何がだよセンパイ。俺は別になんもしてないぜ？」

「そういう態度がチョーシこいてるっつうんだよ。それにオメェ、先週駅前でウチの仲間やりやがっただろ？　なあ？」

威圧的な声のボリュームを徐々に上げて脅す少年に対して、仁悟は視線を落としてしばし考え込む。

「……駅前……？　あー、アイツらのことか」

「やっぱりやってんじゃねえか」

「やったかもしんねーけど、あれはアイツらが悪いだろ。俺の目の前で中坊相手にカツアゲなんかしてるからだ。自業自得ってやつじゃねえのか」

「っせえ！　オメェに説教される筋合いはねえんだよ！　つーかこっちはもう完全にキレてんだぞコラァ！」

ではどうするつもりなのか、などという質問を仁悟がするまでもなく、不良たちは鉄パイプや金属バットやチェーンなどの凶器を見せつけるように構えた。

「お前らさ……やめといたほうがいいぞ？」

「んだよテメェ、ビビッてんのかあ？」

「いやそうじゃなくてさ、月が近いんだよ。手加減できるか分からねえ」

「んだよそりゃ？　カッコつけてるつもりかあ？　獣人の神島くんよぉ？」

リーダーの少年は意気込んで、バットを担いで仁悟に歩み寄ってくると、

「死ねゴルァ！」

ためらいなくそれを振り下ろした。しかし仁悟は難なくそれを片手で受け止め、グイッとバットごと少年を引き寄せて、その顎(あご)に見事なアッパーカットを叩(たた)き込んだ。数本の歯と一緒に少年が吹き飛ぶ。

「獣人じゃねえよ。俺は亜人だ」

吹き飛んだ少年はそのまま動かない。他の連中は一瞬の出来事に面食らったものの、しかし明らかな数の優勢に物を言わせて一斉に仁悟に襲いかかる。

「ナメてんじゃねえぞ、テメェ！」

「死ねや神島ぁッ！」

最前線の者は武器や拳を振り回し、一人が崩れればすぐ後ろの者が空いた隙間に飛び込んでいく。後方からは罵声と発破をかける声。たった一人に殺到する暴力の波。

しかし仁悟に近づいた誰もが数秒と経たずに崩れ落ち、あるいは車にでも撥ねられたのかと思うような勢いで円の外へと弾き飛ばされてゆく。そうして数分もしないうちに円陣は一人分の厚さになってしまった。

「やれやれぇ――って……、え？　あれ……？」

最後まで自分からは手を出さなかった少年が気づいた時には、もう彼の他には立っている者はいなくなっていた。

仁悟は最初の場所からほとんど動かず、また怪我らしい怪我もほとんどしていない状態で、困惑している少年を見つめる。

「お前もやんの？　やらないの？」

「え、あの、いや俺――ぼ、僕は……失礼します！」

少年は呻き声を上げる仲間を見捨てて全速力で走り去っていく。

「なんなんだよ……」

返り血を制服の袖で拭いつつ、その後ろ姿を眺める仁悟。彼の周囲では嗚咽や誰にともなく苦痛を訴える声がそこかしこから上がっている。

すると仁悟の背後で、そんな少年たちの声を押しのけるような野太い声がした。

「救急車は呼んどいてやったぞ、ボウズ」

仁悟が振り返るとそこにいたのは薄い革のコートを羽織った無精髭の男。角刈りの赤髪と四角い顔をしたドワーフだった。

「誰だよ、おっさん」

「見りゃ分かるだろ。お前さんと同じ、亜人だよ」

「そういうことじゃない」

「しかしヒデェことしやがるな、こりゃ」

ドワーフの男はまるで合戦場さながらの光景を見渡しながら、顔をしかめてそう言った。

「しょうがねえだろ、だってこいつらが──」

「一人を相手にこの人数ってのはヒデえ。卑怯者のやることだぜ。なあボウズ？」

その台詞を聞いて仁悟の顔が綻ぶ。

「だよな。でもまあ楽勝だったぜ」

「そうか、楽勝か……。そのわりにはお前さん、随分辛そうだな？」

「は？　どこが？　俺はピンピンしてるだろ」

「眼がな……。お前さんの眼は大事なもんを見失っちまった、孤独な狼の眼だ」

「はあ？　なんだよそれ……意味分かんねえし……」

なんとなく心の底を見透かされたような気がして、仁悟は気不味そうに雑草だらけの地面に視線を落とした。男は短い脚で気絶している少年たちをまたぎながら、そんな仁悟に歩み寄る。

「昔なあ、俺のジィさんが言ってたぜ。『ライカンスロープってのは孤高の生き物だ。孤独に生きて孤独に死ぬ。だから仲間を求めて月に哭くんだ』ってよ――」

仁悟の目の前に立った男はいかにもドワーフらしい背の低さだったが、そんな特徴など微塵も感じさせぬほどの確固たる存在感があった。だがそれは仁悟の知る大人たちのような侮蔑や威圧的なものではなく、吹き荒ぶ嵐から身を守ってくれる岩塊のような無言の力強さだった。

「いいかボウズ、お前さんの力は特別だ。だがそういう力を振るうには信念ってやつが必要なんだ。お前さんはそれを見失っちゃあいけねえ。じゃねえと俺たち亜人なんてもんは、魔獣とそう違わねえ存在になっちまう」

「……何が言いたいんだよ。つーか誰なんだアンタ」

目の前の男に不思議と安心感を覚えてしまった気恥ずかしさからか、仁悟はわざとらしく舌打ちをして見せる。そんな彼に男は髭をさすりながら笑顔で応えた。

「楢橋ヲーレン、しがねえ刑事だ。もしお前さんが自分の力の使い方に迷うようなことがあったら、ここに電話しろ。なに、悪いようにはしねえ」

ヲーレンはそう言って懐から名刺を取り出し、押し付けるように仁悟に手渡した。それが仁悟とヲーレンの出会いだった。

＊

「――さん……てください」

夢うつつの仁悟の耳に遠い現実から誰かが呼びかける。

「――しまさんってば」

彼が意識を手繰り寄せながらそこへ戻ろうとしかけたとき、

「神島さんっ!!」

耳元で怒鳴る依吹の声。

ハッとなって飛び起きた仁悟の横で彼女が小さな悲鳴を上げた。

「きゃっ！……っぶないなあ、もう」

よろけた依吹は両手に持っていた蓋付きの紙カップを持ち直してから、そのひとつを仁悟のデスクに置いた。

「はいこれ。買ってきましたよ、スタバのキャラメルマキアート」

「あ、ああ悪い……。サンキュー如月」

「神島さん、最近居眠り多くありません？　まあお昼休みだから自由ですけど。夜寝てないんですか？」

「なんて言うか、月が満ちてくるとな。なかなか寝付けなくなる」

そう言いながら欠伸（あくび）をしてみせる仁悟に、依吹が横からぬっと顔を近づけてサングラスの隙間からその目を見つめる。

「ホントに瞳（ひとみ）が赤いんですね。綺麗（きれい）、宝石みたい」

「近いんだよ、お前」

煩わしそうに身を引いた仁悟が顔を逸（そ）らすと、その視線の先でヲーレンがコートを羽織り始めていた。

「あれ、ナラさんどっか行くんですか？」

「出張だ。来年から大阪府警でもウチみたいな部署ができるんだとよ」

「ウチみたいなのって、獣対ですか」

「ああ。魔獣絡みの事件が増えてるのは、なにも東京に限った話じゃねえからな。俺はその新設される部署のアドバイザーってとこだ」

「へえ。ナラさんがアドバイザーねえ……」

「なんだよそのツラは。しばらく戻らねえが、緊急のときは夜中でもなんでもすぐに連絡しろ。それと――」

「一人で突っ走るんじゃねえ、でしょ？　分かってますよ」

「ああ。……じゃあ嬢ちゃん、神島の面倒頼んだぞ」

「それは逆です」とすかさず仁悟が突っ込む一方、言われたほうの依吹は「はい！」と元気よく応えた。

「はいじゃないんだよ、お前も。立てろよ先輩を」

そんな二人のやり取りを見たヲーレンは「本当に心配だ」と漏らしつつ、

「そういえば、ロッシュの旦那の様子はどうだ？」

「ああクソエルフっすか？　アイツならもう2、3日は入院だそうです」

「そうか……。あの人も破天荒というか自由奔放な人だからな。変に騒がずにじっとしててくれりゃあいいんだが」

「それなら心配ないですよ。あいつベッドにふんぞり返って『僕はこの時代の医術に興味があるのだ』とか言って、ずっと医学書読み漁ってますから」

「ならいいが。まああの旦那にもよろしく伝えといてくれ。じゃあ行ってくる」

ヲーレンはそう告げると、短いコートの裾を颯爽となびかせて部屋を出ていった。

*

深夜、オレンジ色の灯りが林立する首都高速道路を猛スピードで駆け抜けてゆく、1台の黒いバイクがあった。闇夜の一部が動き出したかと思えるほど、疾走するその影は車体もライダーも黒一色。エンブレムやナンバープレートは見当たらない。

それは前方に取り付けられた髑髏の眼孔からハイビームを放ち、他の車やバイクの間を縦横無尽に切り裂いてゆく。遥か遠くから近づいてきたかと思うと一瞬にして通り過ぎ、去った後にはテールランプの赤い帯だけが残った。

抜き去られた車やバイクの運転手は驚きつつも、しかしその刹那(せつな)の邂逅(かいこう)ですら異変に気がつくのだった。

首が無い。疾走する闇を駆る者の首から上には、当然そこに存在すべきヘルメットや顔が見当たらなかった。そしてその異形を目の当たりにした者たちは皆、口を揃えてそれをこう呼んだ。

「――首無しライダーだあ？」

スマートフォンに映ったその動画を見ながら仁悟が呆(あき)れた声を上げると、依吹はそれを手早く操作してSNSのタイムラインを見せつけた。

「本当にいるんですって。ほら、最近いろんなところで話題になってるんですよ」

「……ふーん」

「えー、興味薄くないですか。もっと食いついてくると思ったのに。……狼だけに」

「馬鹿にしてるのか、お前」

獣対の執務室で二人がそんな会話をしていたところで、部屋のドアがゆっくり開き、クレープを片手に持った琴莉が入ってくる。彼女は可愛らしい花柄のワンピースの上に無骨なフライトジャケットを羽織り、首には重たそうなヘッドフォン、さらに厚底のスニーカーを組み合わせている。サジュエルに劣らずかなり奇妙と言わざるを得ないコーディネイトではあるものの、これが彼女のいつものスタイルだった。

「こんにひわ」

琴莉はクレープを頬張りつつ軽く会釈。依吹はそんな彼女にもスマートフォンの画面を示しながら、

「琴莉ちゃんもこれ見た？」

「……デュラハン？」

チラリと画面を見てから返した琴莉の言葉に「え？」と依吹が聞き返す。

「デュラハンって、邪悪な妖精（アンシリーコート）のデュラハンのこと？　首無し馬コシュタ・バワーに乗っていて、死期が近い人間に血をかけるとかっていう――」

「そう。ネットだとそのデュラハンが首無しライダーの正体じゃないかって」

「まあ首が無いと言ったら真っ先にそれが浮かぶけど、でももしそうだとしたら……神島さん」

依吹が少し考えるそぶりを見せて仁悟のほうを見ると、彼は真面目な顔で頷（うなず）いた。

「ああ。もし本当にそいつがデュラハンなんだとしたら、担当は交通課じゃなくて獣対（うち）ってことになるな」

「ですよね」

すると仁悟は少し考えてから再び口を開く。

「――よし。正式な捜査とまでは言わないが、少し調べてみるか」

「調べるってどうやって？」

「決まってるだろ。直接会って確かめるんだよ」

＊

朧月の下、警察署の前でガンメタルの大型自動二輪に跨がる仁悟。バイクの型は少し古いものの、彼が軽くアクセルを吹かすと景気の良い排気音を響かせた。

依吹は銀色のフルフェイスヘルメットを彼に手渡し、

「自前ですかこれ」

「ああ。最近乗ってなかったが、そこまで機嫌は悪くなさそうだ」

「レシーバーはヘルメットに内蔵されてますから、私や琴莉ちゃんとはそのまま会話できます」

彼女自身も耳に付けたヘッドセットを指差す。

「ありがたい。ナビは頼んだぜ」

言いながら仁悟がヘルメットを被ると、すぐに耳元で琴莉の声がした。

『マイクチェック、聴こえてる？　仔犬さん』

「聴こえてるが、琴莉ちゃんまでその呼び方はやめてくれ」

『了解』

「で、まずはどこら辺を流せばいい？」

『ネットの情報だと、首都高の環状線で目撃されてる』

「じゃあ下手に高速乗るより、一般道で待機してたほうがいいな」

『うん。高速とその周辺は監視してる。見つけたら連絡する』

「監視カメラか？　いつの間に――」

『取り付けてない。ハッキングしただけ』

「……それは……聞かなかったことにしとこう」

ヲーレンが出張中で助かったなと安堵しつつ、仁悟は依吹に軽く手を振ってバイクを発進させた。

首都高速に上がった仁悟がしばらくの間当てもなく走っていると、やがてヘルメットの中で琴莉の声がした。

『デュラハン発見』

「ナイスだ琴莉ちゃん。どこらへんだ？」

『5号線の下り。東池袋付近』

「分かった、速攻で行く」

すると琴莉に代わって依吹の声。

『神島さん、交機じゃないんですからスピードには注意してくださいよ』

「分かってるよ」

一般道を緩やかに流していた仁悟は彼女の注意にそう返しながらも、エンジンを吹かして一気に速度を上げるのだった。

＊

両脇に設置されたオレンジ色の照明灯が次々とスライドして去ってゆく。首都高速とはいえ平日の深夜ともなれば渋滞はほとんど無く、数百メートルに数台、まばらに車が行き交う程度の交通量である。その分法定速度を守る者は少なく全体としての流れはかなり速い。

そんな中を周りに合わせて走っていた仁悟の後方から、一際抜きん出たスピードで迫る黒いバイクがあった。その甲高い排気音といびつなハイビームをミラーで確認した仁悟は、ヘルメットの中で不謹慎な笑みを溢す。

「見つけたぜ、首無し野郎」

ハンドルを握る手に力がこもり、徐々に近づく影に合わせてスピードを上げてゆく。

やがて彼の隣の車線をそれが飛び抜けると同時に、仁悟もスロットルを全開近くまで開いた。しかしデュラハンはそれを見越していたかのようにさらにスピードを上げる。

「速いな！」

並走するつもりだった仁悟はデュラハンの想像以上の速さに驚きつつも、振り切られまいと必死についていく。速度計はゆうに200㎞／hを超え、しかしそんな馬鹿げたスピードであるのにデュラハンは悠々と他の車を抜けて、テールランプを見せつけるように仁悟のバイクとの距離を一定に保っていた。仁悟がそこから目一杯に加速してもその距離は縮まらない。

「煽ってやがるのか？　こいつ……！」

進行方向にだけ視界が集束してゆく極限の中で、仁悟はその挑戦的な態度に歯ぎしりした。

しかしその状況はそう長くは続かず、しばらくすると先を行くデュラハンのバイクはじりじりと後ろに下がってきた。仁悟がスロットルを全開にしているからには当然、デュラハンの方から速度を落としてきたということである。

仁悟は風圧で飛ばされぬよう完全に頭を縮こまらせて顔を動かすこともかなわない状態だったが、それでも視界の隅で捉えた相手には首から上が無いのが確認できた。その映像は彼のヘルメットに装着されているカメラにも同様に映し出されている。

「見えたか？　如月」

『はい、ハッキリと。頭部がありませんね』

「捕まえてやろうかと思ったが、奴とこっちとじゃマシンのスペックが違いすぎる。とりあえず映像から――」

言いかけている途中で、

『神島さんっ！』

「――ッ!?」

依吹の声から察した仁悟が一瞬横を見ると、隣に並んだデュラハンが拳銃らしきものを構えていた。咄嗟にミラーで後方に追従車がいないことを確認して急減速をかけるも、デュラハンはそれとほぼ同時に至近距離で引き金を引いていた。銃口から液体が飛び出し、仁悟のヘルメットのバイザーは赤黒く染められる。

「なっ――インク!? ふざけやがって、くそっ！」

視界を失った彼は微かにバランスを崩し、それでもすぐに立て直そうとしたものの、猛スピードで走る二輪車ではその僅かな乱れすら致命的だった。

「やばっ――」

傾いた車体は横倒しになり、そのままの速さで回りながら地面を滑る。途中でバイクから弾き出された仁悟の身体は宙を舞った。視界は天地不覚のままグルグルと回り、しかし一瞬のはずの時間が妙に長く感じる。

（くそ……やっちまった……か……）

やがて仁悟は激しく路面に打ちつけられ、何度も地面をバウンドしながら転がっていった。

『神島さんッ!?　神島さん!!』

ヘルメットの中に割れた音声が響く。その声を聞きながら仁悟は、全身の関節があらぬ方向に折れ曲がったまま、遠ざかってゆく赤いテールランプをしばらくの間見つめていた。

＊

「馬鹿なのか、君は」

病室のベッドで読みかけの本に目を向けたまま、サジュエルは静かにそう言った。

カーテンレールを挟んで並んだ隣のベッドには、全身を包帯で巻かれた仁悟。広い四人部屋だったが、彼らの他に患者はいない。

「うるせえ。少し油断してただけだ。つーかなんでお前と同じ部屋なんだ」

「そんなこと僕が知るものか。それよりも仔犬くん、君は自分を不死身だと思っているようだが、それは過信だぞ。どんな種族であっても死ぬときは死ぬ。それが生物というものだ」

サジュエルのもっともな意見に、ベッド脇の依吹も困った顔で賛同した。

「ロッシュさんの言う通りですよ。頸椎も含めて20箇所の骨折に内臓破裂だなんて、他の人なら即死もいいところです。神島さんはライカンスロープだからって無茶しすぎなんです」

「……そりゃあ……うん、まあ、悪かった」

仁悟は口を尖らせつつも、犯人を取り逃がしたことに負い目を感じて口を噤んだ。

「それで、仔犬くんをあしらったという、そのデュラハンとかいう犯人は?」

「琴莉ちゃんがカメラで追跡していたんですが、途中で見失ったと。ETCの記録は調査中ですが、足取りは摑めてません」

「ふむ……」と考え込むサジュエル。

「ロッシュさんはデュラハンをご存じなんですか?」

「いや知らない。だが首の無い種族なら知っている。『ガン・キァン』という精霊だ」

「ガン・キァン、ですか」

「うむ。彼らは物理的な肉体に依存しない存在で、見た目は様々な形をとるが基本的には首が無い」

「なんで首が無いんですか?」

「必要としないからだ。精霊というのは魔素の結合体なので、彼らの多くは見る聞く話すという行為も魔素を介して行う。ガン・キァンもそうだ」

「じゃあ思考は? 脳が無いと考えることもできないんじゃ?」

依吹が立て続けに質問すると、サジュエルは小さく溜め息を吐いた。

「君もまだ理解できていないな。教えておくが、魔素とはあらゆる形状や性質を持ち得る『可能性の物質』なのだ。魔法により火や水になることもあれば、構成によっては脳の機能を果たすこともある」

「なるほど……」

「ガン・キャンは大部分が魔素であるため、思考に必要な脳の機能をそれでまかなえる。云うなれば身体全体が脳なのだ。だから首から上を必要としない」

「でもデュラハンは自分の首を抱えているとも言われてますよ？」

「ならばそれは別人の首だ。それとも本人が自分のものだと証言したのか？」

「さすがにそれはないと思いますが……。じゃあ首無し騎士デュラハンも首無し馬コシュタ・バワーも、その種族ということなんですか？」

「僕の考えではそうだ。そもそも既存の生物の形をしながら頭部という主要な部分が欠けているというのは不合理だ。ガン・キャン以外では考えられない」

サジュエルがそう説明し終えると、依吹はSNSのタイムラインを眺めながら言った。

「じゃあやっぱりあの首無しライダーってデュラハン？　なんでしょうか。神島さん的にはどうだったんですか？　直接会った感想としては」

問われた仁悟は少し考えてから、

「本当にデュラハンかどうかってのは正直分からなかったな。ただあのオーバースペックのマシンをあれだけ自在に操れるんだからな、普通の人間じゃあないだろう。まあプロのオートレーサーとかなら話は別だがな」

「言い伝え通り、血をかけるっていう『死の予見』もありましたしね」

「ああ、やっぱりあれは血か。水鉄砲ってのはふざけてるとしか思えなかったが」

「たしかに。それと鑑識からですけど、あの液体自体もいくつかの動物の血とトマトジュースを混ぜたものだそうです」

「トマトジュース？　デュラハンがジュースで水増しなんてするのか」

「それを言ったら、そもそも馬じゃなくてバイクに乗ってる時点でかなりおかしいですよ」

「まあそれはそうだが――」と言いながら仁悟が包帯を取り始める。

「ちょっと何してるんですか、神島さん」

「もう治った」

「治ったって……早すぎますよ」

依吹が呆れて溜め息を吐いたところで、相槌のように彼女の携帯が鳴った。

「あ、琴莉ちゃんからだ。もしもし――」

しばらく会話を続けた後、彼女は自分のバッグからおもむろにタブレットPCを取り出してスイッチを入れた。

「――つけたけど……？」

すると間もなくその画面が勝手に動き出し、昨夜の画像が映し出された。同時にパソコンから「ハロー」と琴莉の声。

「なにこれ？　触ってないのに動いてる……？」

『ただの遠隔操作。つまり問題ない』

「いや大ありだ。これ署の備品だろ」と仁悟。

『それよりこれ見て。昨日のデュラハンの映像。解析終わった』

琴莉の言葉に合わせて映像が動き出す——。

それは仁悟がデュラハンを追いかけ始めたところから進み、やがて彼と並走して水鉄砲を向けている場面で停止した。

『ここ』

「ああこれか。玩具の水鉄砲にしちゃわりと勢いがあったな。販売してる店を調べれば——」

『そうじゃない。頭の部分』

「頭？　いやだから無いんだろ。デュラハンなんだから」

『違うってば。頭の向こう側にある柱に注目。少しズレてる』

「……？」

静止した映像の中で、本来であれば頭部が存在するであろう場所を手描きの赤丸が囲む。デュラハンの背後には照明灯の柱が映っているが、直線であるはずのその柱は、琴莉が丸で囲った部分だけ、ほんの微かに横にずれているように見えた。

「ホントだ……よく気づいたわね、琴莉ちゃん」

「で、これがなんなんだ？」

仁悟が小首を傾げて尋ねると、その画面を見てもいないサジュエルが満足気に微笑んだ。

「なるほど、さすがに僕の助手は優秀だ」

「どういうことだ？」

「犯人はガン・キャンではない、ということさ。首が無いように見えるのは透過魔法でそう見せかけているだけだ」

「透過魔法？　じゃあ首から上だけ、魔法で視えなくしてるということか？」

「そうだ。教えておくが、そもそも透過魔法というのは対象の向こう側にある景色を映す魔法だ。普通はそれで消えていると錯覚するが、対象そのものの移動が極端に速くなればその間に時間差が生じ、そこだけがずれて視える」

「ってことは、この画像のズレはそのタイムラグのせいだって言うのか？」

「そういうことだ」

「それじゃあこのデュラハンは——」と仁悟と依吹は顔を見合わせる。

「デュラハンのフリをした偽物……つーことになるな」

するとそこでサジュエルが本をパタンと閉じた。

「よし、では行くとしようか」

「行くってどこにだよ？」

「決まっている。偽ガン・キャンの逮捕だよ。せっかく僕の助手が真相を暴いたのだ。雇い主として見逃すわけにはいかないだろう」

「いやそうは言ってもお前、あれは並のマシンじゃまず勝負にならないぞ？」

仁悟がそう言うと、しかしサジュエルは不敵に笑ってみせた。

「それならば問題ない。僕には僕の馬がある」

＊

警察署の前にはサイドカー付きの大型バイク。色は品のあるマットシルバーで、ヨーロピアンクラシックでありながら水冷並列4気筒というスーパースポーツのような構成。造形美と機能美を追求したデザインは知る者からすれば垂涎の一品であることに間違いはなく、ホイールやタンクなどの至るところに刻まれた魔法陣が、一層その優美な外観を際立たせていた。

「はー、マジかよ。凄いバイクだな。どこのメーカーだ？」

そのマシンを見た仁悟は思わず感嘆の溜め息を吐いて、回り込みながらまじまじとそれを眺める。タンクの横には『Grani』というエンブレムが付いていた。

「創り手というなら、それは僕だ。しかしこれはそこら辺を走っている単なる自動二輪車とは違う。彼女は灰色輝馬のグラニ、神馬スレイプニルの血を引く名馬だ」

「馬？　どう見てもバイクだろ」

その仁悟の指摘に、銀色のバイクがブォンと不満そうにエンジンを鳴らす。

「うお、なんだよこれ。自動運転か？」

「自動ではなく自我があるのだよ。これは僕がデザインして創り上げた車体にグラニの魂を宿してある。つまりかつてライザスが用いた聖剣などと同じ、意思を持つ器物だ。いうなればこれは世界初の聖なるバイク、聖大型自動二輪馬なのだ」

「そいつはたまげた。その聖なんとかって呼び方はダサいが」

「失敬な。分類上はそうなるのだから仕方ないだろう」

サジュエルはふんと鼻を鳴らしてから颯爽とサイドカーに飛び乗り、

「……何をしている？　早く乗りたまえ」と仁悟を見やる。

「は？　お前が運転するんじゃないのかよ」

「何を言っている？　僕が免許を持っている訳ないじゃないか」

「偉そうに言うことかよ」

「なんでもいいから乗りたまえ。御者は君だ」

「俺はお前の召使いじゃないんだが？」

などと文句を言いつつも、仁悟は密かに瞳を輝かせつつグラニに跨がる。

「でもこいつであのデュラハンもどきと勝負できるのか？　サイドカーなんて付いてたら大したスピードは出せないぞ？」

「それならば問題ない。教えておくが、聖具とはそれ自身が使用者を見極めるのだ。そして扱う資格があると認められれば、それは人の手が造った物とは比べ物にならない性能を発揮する」

「なるほど。じゃあ俺にはその資格があるってことか」

「あるわけないだろう、馬鹿なのか君は。資格があるのはグラニの主である僕だけだ。だからこうして隣に乗っているのだ」

「チッ、そういうことかよ。だがそれならそれで構わん。ちゃんと走ってくれるっていうならな」

「無論だ。僕が共にある限り、彼女は自動車などよりずっと速い」

「オーケーだ。それじゃあよろしく頼むぜ、グラニ」

仁悟が微笑みかけてタンクを軽く叩いてやると、グラニは鼻を鳴らすように再びブゥォンとエンジンを鳴らした。するとそこに、息を切らしながら依吹が「神島さん！」と血相を変えて走ってきた。

「どうした？　如月」

「他殺と思われる遺体が発見されたそうです。さきほど一課から獣対に要請が――」

＊

木造2階建てのアパート。下町にはありふれた建物だったが、しかしそこを取り巻く物々しさは紛れもなく非日常のそれだった。そしてその異常事態こそが獣対の日常でもある。

現場付近で銀色のセダンを降りた仁悟とサジュエルは、地図を眺めるまでもなく、遠目からでも明らかな回転灯と規制テープへと歩いて向かう。

「ナンセンスだ。折角僕がグラニを用意したというのに」

「うるせえな、何回も。ナンバープレートが無きゃバイクは走れないんだよ」

「グラニは馬だぞ。バイクじゃない」

「見た目はバイクなんだから仕方ないだろ」

既に現場の確保はなされており、二人は部屋で捜査に当たっていた捜査一課の刑事から話を聴くことにした。

「わざわざ獣対さんに出張ってもらってすみませんね。本当は一課で担当したいところなんですが――」

一課の刑事はかなり経験を積んでいそうな壮年の男性で、彼は仁悟らの姿を見るなり露骨に怪訝そうな顔をした。

刑事のコンビというのは現場での即断力や経験値から、普通はどちらか一方がベテランであることが多いのである。しかし仁悟にせよサジュエルにせよ、彼らの外見はとてもそうは見えず、サジュエルに至ってはダークグリーンのスリーピーススーツという刑事らしからぬ恰好なのだ。

「まあただ、今回ばかりは遺体があまりにも異様だったもんでね」

そう言ってから刑事は狭い洋室のベッドに被せてあったブルーシートをめくる。するとその下にあったのは、髪や服装は小綺麗なまま顔や体が不気味なほどに痩せこけた、さながら生々しいミイラとでも言うべきおぞましい死体だった。

仁悟はその異様な死体を見るなり、はっとしたように固まり眉間に皺を寄せた。そしてサングラスを外した赤い瞳には、いつもよりも更に剣呑な光を湛えていた。

「……たしかに異様ですね、これは」

彼は言いながらも大胆にその死体に顔を近づける。

「——血の匂いがほとんどしない。外傷はありましたか？」

「今のところ致命傷と思えるほどの傷は見つかってません。ただ右首筋に動物に噛まれたような刺傷が。奇妙ですが出血はありません」

「噛まれた……？」

仁悟は再び死体を横から覗き込む。たしかに刑事の言う通り、首の右側の動脈あたりに小さな穴が二つ並んで空いていた。

「なるほど」と頷く仁悟の少し後ろで、サジュエルは無惨な躯にも表情ひとつ変えることなく黙ってそれを見つめているだけだった。

「どうですかね、やはり魔獣ですか？」

「まだ断定はできません。大抵の魔獣は骨まで残さないか、喰い散らかすかのどちらかですから。これはそのどちらとも違う。ですが以前、これと似たような遺体を見たことがある」

「そうですか。ちなみにそのときの魔獣は――？」

「まだ見つかってません。当時はそういうものの専門部署も無かったし、そもそも犯人が魔獣なのか亜人なのかすら不明のままです。しかし今は獣対がある。だから必ず見つけてみせます」

仁悟が真っ直ぐな目でそう宣言してみせると、壮年の刑事は意外そうな顔で彼を見つめた。その視線に気づいた仁悟に「なにか？」と尋ねられて、彼を見くびっていた刑事は気まずそうに軽い咳ばらいをして誤魔化した。

「いえ、少し気になったことがありましてね。この被害者は数日前にインターネットで……SNSとかいうやつですか、それでこんなものを」

そう言って刑事はスマートフォンの画面を仁悟らに見せる。

『湾岸線で首無しライダー発見！　いきなりジャケットに血みたいなのかけられてマジで焦った。怖すぎてトラウマになりそう。　#都市伝説　#首無しライダー』

投稿された文章には画像も付いており、そこには赤黒い染みが付着したライダースジャケットの写真が貼られていた。

「こいつは――」

仁悟が振り返ってみると、部屋の壁にはそれと同じジャケットが掛けられていた。

「最近話題の首無しライダーって奴ですかね？　噂じゃそいつに血をかけられると数日

以内に死ぬんだとか。まあ一課ならこんな噂話、いちいち相手にすることもないんですが——」

そのあと一通りの個人情報などの引き継ぎを終えてから刑事は去ってゆき、部屋には仁悟とサジュエルと無惨な被害者だけになった。仁悟は怪訝そうな顔で死体に目を向けたままサジュエルに尋ねる。

「おいクソエルフ、どうなってやがる？　首無しライダーはデュラハンじゃないって話だったろ。それならなんで奴の『死の予見』が的中する？」

納得がいかないといった様子で仁悟が問うと、サジュエルは間髪を容れず「マーキングだろう」と即答した。

「マーキング？」

「うむ。あのバイクの犯人は死期の近い者に血をかけているのではなく、殺す相手に目印として血をかけて標的を示しているのだ」

「そういう魔法があるのか？　血をかけて呪い殺すような魔法が」

「無いことはないが、今回のものは違うな」

「言い切れるのか？」

「うむ。呪いとは遅効性の遠隔魔法だ。そうである以上、必ず需文の詠唱か記述を要する。液体をかけただけで呪殺系の魔法が発動することはない。それにこの男の死因は恐らく失血死だ。魔法ではなく直接的な手段によるものだ」

そう告げたサジュエルの視線は遺体の首筋に向けられている。

「――その首の傷は吸血痕（きゅうけつこん）という。そして血液と魔力を大量に吸い取られると死体はそのような状態になる。だがガン・キャンがそのような傷をつけることはない。つまりこれをやったのはもっと別の――少なくとも人間以外の共犯者がいるということだ」

「血を吸う魔獣ってことか？　見当は？」

「もちろんついている。恐らく『アフカル』か『ストリゴイ』のどちらかだろう。餌として血を好む種族は数多いが、ほとんどが肉も一緒に喰らう。血だけを好むタイプというのは稀（まれ）だ。そしてその中でこのサイズの吸血痕と合致するのはこの2種族だけだ」

「アフカル……ストリゴイ……どっちも聞かない名前の魔獣だが」

「正確にはどちらもモンスターではない。アフカルは古代バビロニアの邪悪な妖精（アンシリーコート）、つまりガン・キャンなどと同じ精霊の眷属（けんぞく）だ。だが精霊は土地に根付く。彼らが海を渡ってこの国に来たというのは考えにくい」

「じゃあストリゴイってやつの方か？　どんな見た目のやつだ？」

「恐らく君も知っているはずだ。僕がこの時代に来てからはまだ日が浅いが、それでも何度か見かけたからな。まあ映画とかいうフィクションの中だけだが……。ストリゴイはほとんど人間と同じ見た目をしていて、身体能力と知能が極めて高い種族だ。しかも中にはエルフと同等か、それ以上の高位の魔法を使う者もいる。彼らは人間の生き血を何よりも好み、それを飲み続ける限り永遠に生きることができる。そして弱点は太陽の光――ストリゴイは直接日光を浴びると灰になって消滅する」

「そうか……それならよく知ってるぜ。そいつはようするにアレか」

仁悟は干からびた被害者を見つめながら、それを襲った者の姿を思い描く。彼の頭の中に浮かんだのは、蝙蝠を連れて月夜に躍る黒い影だった。

「そう、たしかこの時代では『ヴァンパイア』と呼ばれている種族だ。だがどうやってマーキングを識別しているのかが分からない」

「まあたしかにな。血が付着するなんてことは誰にでもある。まずはその謎を解明しないことには解決しなさそうだが、そのためには――」

「ガン・キァンを捕まえて訊くのが最短ルート、というやつだ」

＊

日が落ちる頃にはグラニのナンバープレートの取り付けは終わっていた。仁悟は白バイ隊員のようなジェットヘルメットを被り、サジュエルはゴーグル付きのハーフタイプのヘルメット。最初は「僕には必要ない」などと駄々をこねていたものの、いざ現物を見ると意外とそのシンプルなデザインを気に入ったようで、彼はすんなりとその着用を受け容れたのだった。

「じゃあ、行くぞ」

「さっさと出発したまえ」

サイドカーに乗り込んだサジュエルが言い、仁悟がスロットルを開くと、グラニは驚くほど滑らかに力強く走り始めた。ほぼ一瞬で法定速度に達するほどの加速でも圧を感じることはなく、突風に近いはずの向かい風すら気持ちの良い夜風でしかない。

仁悟はその驚くべき乗り心地に舌を巻いていた。

「凄いなこいつは。走ってるというより、周りだけ動いてるような感覚だ」

「当たり前だろう。僕が快適に乗れるよう、あらゆる魔法陣を施してあるのだ」

隣で発するサジュエルの声すらも風に遮られることなく明瞭に聴き取れる。

「ははっ、最高だ。これならデュラハンなんぞ楽勝だな」

そうしてしばらく都内を走り巡り、やがて仁悟のヘルメットに付いたインカムから少女の声。

『こちら琴莉、偽デュラ発見。湾岸線、大井町付近』

「了解だ。――飛ばすぜ。頼むぞグラニ」

仁悟は近くの高速乗り口を上がると、回転灯とサイレンのスイッチを入れて迷いなくアクセルをひねる。彼の逸る気持ちが体を前に倒すと、グラニはその意思に応えて期待以上に速度を上げた。

ホイールに刻まれた魔法陣が輝き、道路に光の軌跡が帯のように残る。ドラッグレースさながらのそのスピードは、特別な訓練を受けた人間でなければ到底制御不能なものだったが、ライカンスロープの反射神経と運動能力をもってすれば存分に扱えるのだった。

「とんでもないスピードだが、俺には丁度いいぜ」

周囲の車は止まっているどころかむしろ逆走しているのではないかと思えるほどに、凄まじい速さで後方に過ぎ去ってゆく。そうして二人を乗せたグラニはあっという間に目的地である湾岸線に到達した。

仁悟はヘルメットのバイザーに表示されたナビゲーションと琴莉の声に従って、偽デュラハンの後を追う。そして、

「見つけたぞ」

夜目の利く赤い瞳が、遥か前方にいる黒い影を捉えた。

「前に回りたまえ、仔犬くん」

サジュエルが言うと仁悟は勢いよくアクセルをひねる。限界と思われたスピードはそこからさらに跳ね上がり、豆粒程度だったデュラハンの影は見る間に大きくなってゆく。

その馬鹿げた速さで迫りくるグラニをサイドミラーの中に認めたデュラハンは、慌ててスロットルを全開にまで引き絞ったものの、グラニはその加速すらものともせずに距離を縮め、やがて速度を緩めて隣に並んだ。

「――――!?」

「よう、首無し野郎。この前は世話になったな」

フルスロットルのデュラハンは車体にしがみつくような体勢で、銃を取り出す余裕など微塵（みじん）もない。

「化けの皮剝（は）いでやるから大人しくしてろよ」

仁悟はそう告げると悠々とデュラハンを追い越して車線の前に躍り出た。

するとサジュエルはサイドカーの中でおもむろに立ち上がって振り返った。長い金の髪を風になびかせ、不敵な笑みを浮かべながら手のひらをかざす。

「僕の敵とは言えないが、僕の飼い犬に手を出したのが運の尽きだ」

「誰が飼い犬だ。振り落とすぞ」

「ああそうか、今は御者だった」

「御者でもねえよ」

漫才じみた会話を経てからサジュエルは改めて告げる。

「まあいい。とりあえずご退場願おうか」

「適当か」

サジュエルが手のひらをクルリと回すと、デュラハンのライダースーツに描かれていた黒い魔法陣が光る。たちまちその文字が歪（ゆが）んで魔法陣ごと弾（はじ）けて消え去り、それと入れ替わるように、デュラハンの首から上にはフルフェイスのレーシングヘルメットが現れた。

「本来ならもう少し映えるやり方を見せたいところだが、今は省エネというやつでね」

それを確認してからサジュエルが指をパチンと鳴らすと、デュラハンのバイクから音が消える。そして戸惑う男が何をどう操作しようともエンジンは反応しなくなった。

「何をしたんだ？　今のも魔法か？」と仁悟。

「魔法と呼べるほどのものではない。水属性(ヴァトン)の魔素を集めてシリンダーを満たしただけだ。ああしてしまえばバイクの内燃機関は機能しない」

「なるほど、合理的だが……地味だな」

「失敬だな。僕だって不本意なのだ」

果たしてサジュエルの言葉通りバイクはどんどん減速していき、ついに諦(あきら)めた男は仕方なくバイクを端に停車させた。

＊

取調室の時計の針は既に午前0時を回っていたが、街の治安と市民の安全を日夜守る警察は文字通り眠ることがない。夜行性のライカンスロープである仁悟はもとより、一体いつ眠っているのか私生活そのものが全く垣間(かいま)見えないサジュエルも、眠気のねの字もその顔に顕(あらわ)すことはなかった。

部屋の真ん中の机に手錠で繋(つな)がれているのは30代前後の男性で、その対面の椅子に座ったのは仁悟。一方サジュエルはステッキに体重を預けて、片手をポケットに突っ込んだまま壁際に立っていた。

仁悟はバインダーに挟まれた調書をめくり、確認のためにそれを読み上げる。

「木島隼人、品川区在住の29歳。職業は会社員で、バイク部品メーカーのＩＮＯＤＡに勤務と。……なんだ、いいところじゃないか」

「知ってんの？　刑事さん」

「ああ、あそこのリアサスは最高だよ。沈み込みと粘りのバランスが絶妙なんだ。へたり難いしな。お前が廃車にしてくれた俺のＧＨＲにも積んでたんだぜ？」

「そうだったのか……。気付かなかったよ、悪かった」

俯いた木島の表情にははっきりと反省の色が浮かんでおり、仁悟にはこの男が殺人を意図するような人間には見えなかった。

「とりあえずスピード違反ってことで逮捕したが、お前には他の容疑もてんこ盛りだからな。訊きたいことは山ほどある」

「もう覚悟は決めてる。正直に話すよ」

「いい心がけだ。じゃあ早速だが、そもそもなんでデュラハンの真似事なんてしたんだ？」

仁悟がなるべく声を荒らげずにそう問うと、木島は机の端を見つめながら回想を追うようにして、ぽつりぽつりと語り出した。

「……俺はもともとプロのレーサーだったんだ。でもトップの連中にはまるで勝てなくて、デビューはしたけどすぐに諦めた。努力だけじゃ追いつけない、才能の差ってやつを見せつけられたんだ」

「まああの腕前を見れば素人じゃないのは分かる」

仁悟に言われてこくりと頷く。

「レーサーを辞めた後もバイクは乗り続けてた。好きだったし、俺の身体の一部みたいなもんだったから。でもライダーの中には街中でいきがってる馬鹿が多くてさ。大した技術も無いのに、自分が一番速いみたいな顔して動画上げてる奴とか……そういうの見てたら腹が立ったんだ」

「それで、本物の実力を見せつけてやろうとでも思ったのか？」

「きっかけはそんな感じかな。でもこっちまでスピード違反で捕まりたくなかったから——」

「素性を隠すためにデュラハンの恰好をした？」

「ああ。それにどうせなら、そういう勘違いしてる奴らがバイクに乗れなくなるようにしたかったんだ。だからネットに詳しい知り合いから魔法陣を買って、それでデュラハンの真似をして、血をかけられた人間は死ぬって噂も流した」

「なるほどな。それでビビらせれば暴走行為も減るだろうって考えたわけだ」

木島が「本当に申し訳ない」と頭を下げると、仁悟は溜め息を吐いてからサジュエルの顔を見る。しかし彼は特に感情を示すでもなく、無言のままじっと木島を見つめていた。

「……まあ動機は分かった。だが肝心なのはここからだ。木島、お前なんでヴァンパイアなんかと手を組んだ？　今の話じゃ殺すほど憎かったってわけでもないだろう？」

「えっ!?　死んだんですか!?」

「まさかお前……知らないのか？　お前に血をかけられた人間が殺されてるんだ。それもかなり悪趣味なやり方でな」

「そんな……」

木島はしばらく言葉を失って呆然としていたが、ふと思い出したように呟く。

「ひょっとして、本当にあれの効果が――」

「あれってのは？」

「俺が使っていた液体です。ネットで血糊の作り方を探してるときに、どこのサイトだったかは憶えてないけど、掲示板に『呪いの血』っていうやつの作り方があったんだ。材料とかは結構細かい指定があって面倒だったけど、嫌いな人間にそれをかければ呪い殺されるって」

「だが実際にはそういう魔法は存在しないらしい。そこのエルフが言うにはだが」

「そうなんですか？」

「ああ。呪いの魔法ってのは――」

仁悟が言いかけたとき、それを遮るようにサジュエルが口を開いた。

「そうか。匂いか」

「匂い？」と聞き返す仁悟。

「うむ。鑑識の報告では、あの液体は少量の動物の血とジュースを混ぜただけのものらしいが、それらを決められた分量で配合すれば匂いは固有のものになる。僕には全く区別できないが、君ならその感覚は分かるんじゃあないか？　仔犬くん」

「あー、まあたしかに匂いってのはブレンドすると結構特徴が出るな」

「そうだろう。それは普通の人間には気づかれないが、嗅ぎ分けられる者からすれば充分な目印になるはずだ」

「じゃあストリゴイはその匂いがする人間を標的にしてると？」

「そういうことだ。しかも『呪い』や『嫌いな人間』という要素が隠蔽を兼ねている。実に狡猾と言わざるを得ないな」

「どういうことだ？」

「被害者が他人に嫌われやすい人間であれば動機は怨恨であると判断されるだろうし、その液体を使った者自身も、『自分が殺してしまった』と思い込んでしまえば迂闊に情報を漏らすことはできなくなる。その上で存在しない魔法を手段と見せかけ、犯行を曖昧なものにしているのだ」

「なるほど。それなら犯人にしてみれば自分が疑われることも、自分で証拠を隠す必要も無いわけだ」

「そうだ。そして血が欲しいときにだけ襲うようにすれば、呪い自体の信憑性というのは逆に低くなり、その噂が出回ったところで警察や魔法庁が本腰を入れて捜査する可能性もなくなる。だが効果が無いと言われていても、手順がそれほど複雑でないのであれば、実際に試してみようという輩は必ず出てくる――」

サジュエルの台詞に木島が思わず目を伏せる。

「しかもたまに手口を変えるなりすれば、容疑者はますます絞り難くなる。いつからこの手法を用いているのかは分からないが、犯人はそうやって誰にも気づかれずに、吸血鬼としての欲求を満たしているのだろう」

「とんでもないクソ野郎だな」

「好奇心や僅かな悪意を利用するというのは、いかにもストリゴイらしいやり方だ」

これで得心がいったという様子で頷くサジュエルに、

「だが、だとすれば、そういうのは俺が一番嫌いなやり方だ」

仁悟は赤い眼を剣呑に光らせながら言った。

*

偽デュラハンこと木島隼人が逮捕されてから2日が経ち、木島の証言や監視カメラの映像などから身元が判明した3名の被害者には、それぞれ仁悟と依吹とサジュエルが密かに護衛として付きはしたものの、結局ストリゴイがその姿を現すことはなかった。し

かしそれは、

「人の生き血というのは彼らにとっても特別なものだ。マーキングされた人間がいるからといって、連日連夜それを求めて狩りをするようなことはないだろう」

　というサジュエルの推測通りであり、獣対としては想定の範囲内だった。

　また大っぴらに警戒態勢を敷かなかった理由としては、ストリゴイの狙いが警察にバレているということを公にしないためでもあった。

「でもそうしたら、別のところで新たな被害者が出ちゃうんじゃないですか？」

　依吹がそう尋ねると、執務室のソファで優雅に紅茶を飲みながら新聞を読んでいるサジュエルは、紙面から目を離すことなく答えた。

「その点については問題無い。他人からいきなり血をかけられたりすれば、当然そういう事案は警察に相談するなりＳＮＳに書き込んだりするだろう。本人でなくとも目撃者などから通報が入ることもある。それについて所轄には徹底周知してあるし、ネットに関してはハミングバードが全力で監視している」

「え……？　じゃあ今、呪いの血でマーキングされているのは――」

「仔犬くんだけだ。いかに狡猾なストリゴイといえど、不定期に与えられるご馳走がテーブルの上にひとつしかないのであれば、さすがに手を出さずにはいられないだろう」

「でもそれって、神島さんが相当危険なのでは？」

　サジュエルはその質問には返答せず、ゆっくりと紅茶をする。

「っていうか少し前から姿が見当たらないんですけど、神島さんはどこに行ったんですか？」

＊

——数時間前、夕陽の刻。


「おいクソエルフ。そういえばお前、血を吸うだけの魔獣は稀だって言ってたよな」

グラニを運転する仁悟はサイドカーのサジュエルにそう尋ねた。

「クソエルフという点についてはノーだが、質問に対する答えはイエスだ」

「じゃあもし被害者が成人女性だったとしたら、犯人はやっぱりヴァンパイアか？」

「可能性は高いだろうな」

仁悟の質問の意図をサジュエルは知らない。しかし「そうか」と納得した様子の仁悟の中に黒い炎がほのめくのを彼は見逃さなかった。

「そういえば仔犬くん、君は昔同じような死体を見たと言っていたが？」

「ああ、ガキの頃の話だが。オレが獣対に入ったのはその時の犯人を見つけるためでもある。まあそれが動機の全てというわけじゃないがな」

「ふむ……。だがこの国では既に2名のストリゴイが確認されているようだ」

「知ってる。だがそいつらは無関係だ。当時ひとりはアメリカにいて、もうひとりは国の施設に隔離されてたからな。だからオレが捜してる奴は警察も亜人登録局も把握してない、野良のヴァンパイアってことになる」

「なるほど、君はそれが今回の犯人と同一であると考えているのだな。ならば可能性は――」

「低いか？」

「いや逆だ、かなり高い。ストリゴイには縄張り意識のようなものがあり、互いの領地には干渉しないという原則がある。そして知っての通り彼らには寿命がなく、一所に短くとも百年は棲み着く。つまり君が子供の頃の話というのは、彼らにとってはつい最近の出来事だ」

「そうか……なら――」

水崎を殺した犯人はそのストリゴイとみて間違いない。賢者のお墨付きを得てそう判断した仁悟の瞳がいつになく妖しく揺らめいた。

間もなく彼はグラニを道路脇に停車してヘルメットを脱いだ。蒸して汗ばんだ顔を撫でる風は爽やかで心地好く、仁悟はしばらくの間、薄暮の空を仰いで目を瞑ったままそれを感じていた。

「悪いが署には一人で帰ってくれ。俺は少し……やらなきゃならないことがある。どうせグラニは俺が乗らなくても走れるんだろ？」

「…………ああ」

　サジュエルは、彼としては珍しく素直に仁悟の言葉に応じたものの、仁悟の身体から抑えきれぬ殺意がざわざわと漏れ出すのを見抜いていた。その影が今にも1匹の獣に変化していきそうな危うさを感じ、サジュエルはそれを制するように静かな声で告げた。

「……やめておきたまえ、仔犬くん。君には無理だ」

「なんだ、気付いてたのか？」

「当たり前だろう。今の君はかつて魔王を前にしたときのライザスと同じ目をしている。それは死にゆく者の目だ」

「でも勇者は死ななかった――だろ？」

「彼が生き残れたのは僕がいたからだ。だが……正直こういうことを言うのは極めて不本意なのだが、今の僕ではストリゴイを相手に他人を守る余裕はない。一度署に戻って皆と作戦を練るべきだ」

　サジュエルの表情は硬く、それが事態の重さと難しさを物語っていた。しかしそれに対して仁悟は軽く首を振ってみせる。

「それじゃあダメなんだ。今マーキングされてるのは俺だけだからな。作戦練って準備万端なんて状態じゃあ、ヤツは多分襲ってこない。それどころかこのまま取り逃がすって可能性が高くなる」

「それは否定しないが、だからといって君が――」

　言いかけたサジュエルの言葉を、仁悟はまず眼で遮り、そしておもむろに口を開いた。

「俺がやらなくてもいい理由なんていくらでもある。それは分かってる。ここで踏み止まる理由も、諦めて引き返す理由もだ。だがもし今背を向けたら俺は、二度とあの人の笑顔を思い出せなくなる――そんな気がするんだ」

サジュエルとの会話が功を奏したのか、いつの間にか仁悟の身体から漏れ出る殺気は消えていた。夕陽が作る彼の影はいつもと変わらず、代わりに彼の瞳には強い信念の輝きが宿っていた。

その決意を察したサジュエルは微かに緩んだ口で悪態を吐く。

「やれやれ。本当に馬鹿なのだな、君は」

「うるせえよ、って言いたいところだが、まあ今回ばかりは否定できないな……。ああそれと、如月やナラさんには言うなよ？　如月は心配性だし、いつまでもナラさんの手を借りてるわけにもいかないからな」

「分かっているさ。だが勘違いはしないでくれたまえよ仔犬くん。別に僕は君を信じているわけではない。ただこれ以上何を言ったところで、君の心は変わりはしないだろうと理解しているだけだ」

「ああ。お前がそういう奴だってことぐらい、いい加減俺も理解してきたよ」

仁悟はそう言って背を向けた。サジュエルは離れてゆくその影をしばらく見つめていたが、やがて思い立ったように「仔犬くん」と声を張って呼び止めた。

「なんだよ？　まだ何か言い足りないのか？」

鬱陶しそうに振り返ってみせる仁悟に、サジュエルは冗談めかす様子もなく言う。

「君の椅子は空けておく。僕にはまだ御者が必要なのでね」

すると、

「御者じゃないって言ったろ、クソエルフ」

同じく悪態を吐きながらも仁悟は微かな笑顔を見せた。そして再び背中を向けて歩き出した彼を、サジュエルは沈黙で送り出した。

＊

「──ロッシュさん？」

ティーカップを下ろしても応えないサジュエルに、腕時計を確認しながら依吹が焦りを見せる。もしストリゴイが数日以内に標的を襲うと決めているのであれば、その牙が仁悟へ向けられるまでに残された時間はそう多くないはずなのだ。

「ロッシュさん、神島さんはどこにいるんですか？」

不安げな表情で依吹が問い詰めても、サジュエルには一向に揺らぐ気配が無い。そして彼がこうと決めた態度や意志は、他人がどう説得してみても変えられないのだと、依吹は既に充分理解していた。

「ロッシュさんってば……っ！　もういいです、自分で捜しに行きます！」

堪えかねた彼女は椅子の背もたれからジャケットを取り、急ぎ部屋を出ようとドアノブに手を伸ばす。しかしそのとき彼女の背中に声がかけられた。

「待ちたまえ」

サジュエルはおもむろに広げた新聞越しに言う。

「君は行くな。どうせ今から捜したところで間に合いはしない」

「……じゃあ、教えてくださいよ」

不満と僅かな怒気を孕んだ依吹の声に、彼は溜め息を吐いてから応える。

「そうだな、教えておこう」

「はい。神島さんは――」

「ストリゴイは。極めて高い身体能力と頭脳だけでなく変身などの特殊な能力も持つ、いわば最強の亜人種だ。まともに魔法が使えない今、正直僕ですら手を焼くかもしれない。亜人の中で唯一ストリゴイと渡り合えるとしたらライカンスロープぐらいだが、それも獣人化してようやく五分といったところだろう」

「……知ってますよ。警察がヴァンパイアを逮捕できた例は過去に一度もありません。だから神島さんが狙われてるならすぐに応援を――」

言いかけた依吹の言葉を「だが」と再びサジュエルが遮った。

「それはあくまで、普通のライカンスロープと比較した場合の話だ」

「普通の――？　ってどういう意味ですか」

訝(いぶか)しげにサジュエルを睨(にら)む依吹。

「彼が普通ではないという意味さ。今だから言うが、僕は初めて仔犬くんに会ったとき、彼が何者なのか判らなかった。賢者である僕が、だぞ？　だからわざわざ『ライカンスロープなのか？』と訊(き)いたのだ」

「え……？　そんなはずは……」

「知っているかね？　そもそもライカンスロープに黒毛は存在しないのだ。黒は闇属性(ミルクル)であり月光の効果を高める光属性(リヨース)とは反するからな。しかし彼の髪は漆黒──つまり闇属性(ミルクル)のライカンスロープということになるが、これは魔素的に矛盾していて、あり得ない」

「じゃああの人は……神島さんの種族は何だっていうんですか」

「それが判らないのだ。僕がこんな言葉を使うのは滅多にないが、そうとしか言えない。強いて述べるのであれば、ライカンスロープに似た『何か』だ」

その言葉に不穏さを感じて依吹は無意識に唾(つば)を飲んだ。そしてサジュエルの意図するところを読み取り、口を開いた。

「ひょっとしてロッシュさんは、それを解明するために、神島さんを試すために一人で行かせたんですか？」

「一人でやらせてくれと言ってきたのは彼のほうだ。僕はそれを承諾したに過ぎない」

「そんな……。じゃあなんで居場所を教えてくれないんですか？　神島さんは一人でヴァンパイアと戦うつもりなんでしょう⁉」

「望んだのは彼自身だ。それに人には、何人(なんぴと)であっても踏み入ってはならない心の領域がある。彼にとってはこの戦いがそれなのだ」

「……でもっ――！」

「だから君は行くな」

やはりどうあってもサジュエルの意志は曲がらず、依吹は立ち尽くして唇を噛(か)みしめるしかなかった。そんな彼女の後ろで、部屋の壁掛け時計が重々しく深夜を告げた。

＊

街明かりで星の消えた宵空には威風堂々とした満月。その下の広い公園には、ベンチに座ってじっと何かを待っている一人の男以外、誰の姿も見当たらない。

「…………」

彼は警察徽章(バッジ)を置いてきた。故に手錠も廻塡魔導拳銃(エーテルリボルバー)も所持していない。頼れるのは己の肉体のみ。まさしくこれは神島仁悟という一個の亜人としてのけじめだった。

「…………」

腰掛けたまま微動だにせぬ仁悟は眠っているようにすら見えたが、その身はいつ何時であっても即座に動けるだけの力を維持していた。そんな彼が閉じていた目をおもむろに開いたのは、正面の少し離れたところに立つ街灯の傍に、妖しく不吉な気配を感じ取ったからだった。

(来やがったな)

それは物音を一切立てず、数匹の蛾が舞い踊るスポットライトの下に佇んでいた。

上質な黒のテーラードスーツの上に季節外れのロングコートをまとい、シルクハットを被っている。僅かに見える髪の毛は灰色。瞳は仁悟と似た赤色。整った顔も同じく20代後半に見え、それだけであればどことなく仁悟との共通点が多い印象だった。

「おやおやおや――」

しかし薄い唇から発せられた声はねっとりと絡みつくように甘く、刃物でうなじをそっと撫でられるような危うい雰囲気があった。

「ここのところ街に不自然な風が流れていると思っていましたが、どうやら原因は貴方だったようですねえ、狼くん」

帽子のつばを上げながらゆっくりと歩み寄るストリゴイは、仁悟が座るベンチの数メートル手前で足を止めると、彼に向かってうやうやしくお辞儀をしてみせた。

「初めまして、ご機嫌麗しゅう。今宵貴方のお相手を務めるは、この私、ディミトリエと申します。誉れ高きヴァンパイアにございます」

すると仁悟も顔を上げ、

「……ストリゴイだろ。ゲス野郎」

「おや？　これはまた随分と懐かしい呼び名をご存知のようで。ですがその名前はご容赦を。ストリゴイという名前はどうにも響きが泥臭くてかないません」

「そんなことはどうでもいい。それよりお前に訊きたいことがある」

「ほう？　お伺い致しましょうか。ちなみにこの公園には、私の食事を邪魔されぬよう人払いの結界が施してありますので、時間ならたっぷりとございますよ。当然貴方の悲鳴も、私の魔素が洩れることもございません」

「そりゃ好都合だ」

「して、ご質問とは？　月並みですが何人の人間を殺したかなどとおっしゃるのであれば――」

「うるせえよ。そんなこといちいち数えてないだろ」

「ご明察。しかし万はくだりません」

言葉遣いとは裏腹にニヤリと嗤うディミトリエの顔は、紳士とは程遠い獣じみたものだった。仁悟は心の中で沸々と煮えたぎる怒りを圧し殺しながら問う。

「訊きたいのは18年前の冬のことだ。お前、養護施設で女性職員を喰ったろう？　ポニーテールの若い女だ」

ディミトリエは仁悟のギラついた眼差しにも臆する様子は見せず、演技じみた態度で顎に手を当てて考え込んでから、「ああ」と指を鳴らしつつ人差し指を立てた。

「あれですか。勿論憶えておりますとも。あの方の血は芳しく、なかなかの美味でございましたよ。少々薄味ではございましたが」

「そうか……やっぱりお前か……」

仁悟の脳裏に水崎の笑顔が浮かび、優しい手の感触と甘い香りが蘇る。それが鮮明になるほどに、彼の心は堪え難い憎悪の闇に塗り潰されていくのだった。

（ナラさん……如月……。悪いな、今から少しだけ俺は――）

握りしめた拳や食いしばる歯の隙間からじわりじわりと漏れ出していた殺気が、殻を破るように全身から溢れ出す。

「――俺であることをやめる」

途端に仁悟の体が、バキリ、ゴキリと気味の悪い音を立て、服をはち切らせながら大きくなってゆく。髪が伸びると同時に黒い毛が体表を覆い、顔も骨格も狼に酷似した獣へと変わる。

「ほう、ライカンスロープの獣化ですか。今宵は満月、さもありなんとでも申しましょうか。しかしなかなかどうして見事なお姿……」

その様を余裕の表情で眺めていたディミトリエだったが、仁悟の変身が進むに連れてその顔には驚きの色が現れ始めた。

「いや、待て……。なんだこれは――？」

ディミトリエは全身の血と骨が急激に冷やされていくような不穏な感覚に、内心ざわめき立った。

「貴方、まさかライカンスロープでは……ないのですか……？」

2本脚で立つ獣と化した仁悟は、さらに頭から山羊（やぎ）のような巻き角を生やし、大蛇の如き尻尾（しっぽ）をうねらせて、身を包むほど巨大な翼を広げる。言うまでもなくそれは、狼とはまるで違う、ただ異形の怪物としか言いようのない巨大な魔獣そのものだった。

しかし何よりディミトリエが驚愕（きょうがく）したのは、街灯の高さを超えるその威容よりも、突如仁悟の中に湧き出てきた圧倒的な魔力だった。

「この異常な魔力……！　こんなものを一介の亜人ごときが持ち得るはずがない。これではまるで――」

その先を口にすることは自分の敗北を意味すると悟り、ディミトリエは口をつぐむ。

それよりも目の前の怪物の視線と殺気が自身に注がれていることを思い出し、彼はただちに戦闘態勢へと移行するのだった。

ディミトリエの背中からコートを突き破り生えでる蝙蝠（こうもり）の翼。それをバサリと広げると即座に飛び上がって、彼は空中で呪文（じゅもん）の詠唱を始めた。

「暗黒、深淵（しんえん）、冥府（めいふ）。幽々たる深き穴、宵闇の黒、無天の底。覆い隠す者、闇の蛇――」

たちまち彼の周りに夜よりも暗くて黒い靄（もや）が集まり、それが凝縮されてゆく。

「喰らい尽くしなさい！　闇血（あんけつ）の蝙蝠たちよ！」

その台詞（せりふ）とともに、赤黒い塊からおびただしい数の不吉な影が一斉に飛び出した。

仁悟へと向かったそれは、本来であれば標的をむさぼり食い、跡形も無く消し去ってしまう強力な魔法だった。しかしその妖しく紫色に光る蝙蝠は彼の近くへ寄っただけで霧散して、ただの魔素へと還ってゆくのだった。

「なんと！　私の魔法を無効化――いや、魔素の従属を解いた!?　闇属性を支配しているとでもいうのですか!?」

果たしてディミトリエの推測通り、再び靄となった闇の魔素はそのまま仁悟の身体に取り込まれ、彼が発する力の波動はその分だけ大きくなった。

「こんな……！　こんな馬鹿なことが――。魔素を意思だけで従えられる者など……」

困惑するディミトリエを魔獣の赤い眼が睨め上げる。殺意を込めた眼光が物理的な力を得たようにその身を圧迫する。

「くっ……！」

ディミトリエはその感覚を振り払おうと翼を羽ばたかせ、さらに高く、魔獣の爪が到底及ばぬところにまで舞い上がった。

「紅蓮、灼熱、火葬、熔銑の帯、豪炎の赤、燎原の焔、灰を作る者、火の蜥蜴――」

喝采を浴びる演者の如く両腕を広げたディミトリエの手には、渦巻く炎。虚空から火種を掻き集めるように大きくなった火炎旋風は、周囲を煌々と赤く照らし出し、飛び散る火の粉は樹々の葉をチリチリと虫食いのように侵食した。

ディミトリエが炎を携えたままその両手を頭上で合わせると、紅蓮の竜巻はあざなえる縄の如く絡み合う。

「――業火の蛇（くちなわ）よ、全てを呑（の）み込み焦土と化しなさい！」

叩（たた）きつけるように両手を振り下ろすディミトリエ。それに合わせて言葉通り大蛇となった炎は、木を薙（な）ぎ地面を削り、荒れ狂いながらも仁悟めがけて襲いかかる。またたく間に公園は火の海と化して、熾烈（しれつ）な炎に包まれた異形の影は苦しげな咆哮（ほうこう）を上げた。

「どれほどの魔力と生命力があろうとも、その炎は貴方を焼き尽くすまで消えることはないでしょう。しかし上級魔法はさすがに体力を削られる……。回復するにはより多くの血を得なくてはなりませんね」

なんとか決着がついたと見たディミトリエは炎を眺めて魔獣が息絶えるのを待った。

しかしそんな彼が異変に気がつくまでには、そう長い時間を要することはなかった。

（なんだ……？　何かがおかしい。あの化け物の気配は変わらぬまま火属性（エルダー）の魔素だけが減ってきている……？）

火勢は次第に弱まり、その中で動く影が少しずつ見え始める。

（まさか、こいつ――！）

やがて露（あら）わになった魔獣は身体中から血を流していた。その口には黒い毛皮や焦げた肉片。

「自分の肉体ごと、魔法を喰っている……!?」

仁悟は自身につきまとう炎をその部位ごと噛（か）みちぎり、丸呑みにしているのだった。

そうして失われた肉体は見る間に再生していき、そこに炎は残ってはいない。

「なんというでたらめな……！　魔法を喰らうなど——」

慄然(りつぜん)とするディミトリエの眼下で、彼の魔法を完全に平らげてみせた仁悟は再び咆哮を上げる。それは狼の遠吠(とおぼ)えに似ていたが、声はそれよりもずっと低くまるで不気味な角笛のように響いた。

ディミトリエにはその遠吠えが自分の死を告げる合図としか思えてならず、彼は即座に逃亡を決め込むと迷わず背を向けた。しかし、

「——っっ!?」

ひと羽ばたきした瞬間にガクンッと動きが止まるディミトリエ。足元を見ると、飛び立とうとした彼の両脚を魔獣の手が摑(つか)んでいる。

「腕が伸び——!?」

脚はそのまま枯れ葉の如く容易(たやす)く握り潰され、仁悟は数倍に伸びた腕を鞭(むち)のようにしならせてディミトリエの身体を地面に叩きつける。爆発のような衝撃音が街灯を震わせる。

「がッ、っは……」

勢いでディミトリエの肉体は半分にちぎれ、上半身の骨も粉々に砕けた。そうなっても絶命しないストリゴイの生命力は驚嘆に値すると言わざるを得なかったが、しかしその命も、ゆったりと歩み寄る黒い影の前には風前の灯火(ともしび)でしかなかった。

潰れかけのディミトリエを凶暴な瞳(ひとみ)で見下ろす仁悟は、空気を抉(えぐ)るような低い声で喉(のど)

を鳴らす。

「……っ……この、化け物が……4百年以上生きる……私を――」

ディミトリエの最期の言葉はそれだった。

仁悟はみなまで言わせず、ディミトリエの朽ちかけた身体をつまみ上げるとそれを口に放り込み、バリバリと咀嚼し始める。そして食事を終えるとおもむろに満月を見上げ、再び角笛のような声で夜空を震わせた。

霊園の片隅にある無縁仏の前で、仁悟は小さな墓石にそっとリンドウの花を添える。

（……仇は討ったぜ、水崎先生）

青雲に向かって線香の煙が粛々と立ち昇り、彼はしばらくの間顔を上げてそれを見送っていたが、やがて背後に近づく気配を感じてそのまま言葉を発した。

「これは昔、俺が世話になった女性の墓だ。もう少し金があれば、もっとちゃんとした墓を建ててやれるんだけどな」

そう言ってから振り返ると、サジュエルもまた花束を抱えて立っていた。

「この国では死者を火葬で弔うのが一般的らしいな――」

彼は墓石を見つめつつ、仁悟が添えたリンドウの横に花を付け足して言う。

「賢い選択だ。火属性は屍人化（エルダーグール）魔法への対抗策としては合理的だ」

「別にそういう目的で火葬してるわけじゃあないと思うが……。まあたしかに他人に遺体をもてあそばれるってのは勘弁だな」

そう言って苦笑してみせる仁悟に、サジュエルは至って真面目な顔つきで告げる。

「それにしても、まさか君が『マルコシアスの息子』だったとは。僕が何故この時代で目覚めたのか、ようやく分かった」

「なんだそりゃ。俺の親父がそいつだっていうのか？　つーかお前、見てたのかよ」

「直接目にしなくとも分かる。彼の魔力の波動は特別だからな。それと息子というのはあくまで力を受け継ぐ者の喩えだ。生物学的な親子関係という意味ではない」

「そうか……。で、そのマルなんとかってのは誰なんだ？」

「堕天使マルコシアス。７００年前に僕とライザスが倒した魔王だ」

「マジかよ。じゃあひょっとして俺は、これから魔王に――？」

「なる可能性を秘めているというだけであって、君が魔王になることが確定しているわけではない。むしろ可能性はほぼゼロだ。そもそも君らは『魔王』を職業や種族のように言うが、それは間違いだ。魔王というのは『世界の理すら変えてしまうほど強い魔力を持つ者』の通称なのだよ。その点、どう考えてみても君にそこまでの力は無いし、それに人格的にも王と呼べるような器でもない。だから魔王じゃあない」

「なら安心だ、ってとこではあるが、その言い草には腹が立つ」

なんとなく貶められているような気がして仁悟はフンと鼻を鳴らす。サジュエルはそんな彼の姿に微笑ましさを感じながらも尋ねた。

「ところで仔犬くん、君はまだ刑事を続けるつもりなのかね？」

「なに言ってるんだ、当たり前だろ。先生の仇を倒しはしたが、俺は別にあいつを倒すことだけが目的で警官になったわけじゃないんだ。まだまだやらなきゃいけないことが山ほどある。俺にしかできない、俺がやるべきことってやつがな」

「……ふむ、それならばいい。君はそのまま自分の道を進め」

「言われなくてもそうするよ。つーかなんだお前、なんか変だぞ？　いや変って言えばもともと変な奴ではあるんだが」

「そうか。ならばそれは僕が賢者としてさらに進歩しているという証だ。もっとも君のほうは相変わらず頭の悪い野良犬のようなレベルだが」

「前言撤回だ。やっぱりいつもと変わらん」

そんなふうにお互い聞き慣れた悪態を吐き合っていると、遠くに停まった車から依吹が降りてきて大きく手を振った。それに続くヲーレンも、棒付きキャンディーをくわえながらコートを肩に掛けてこちらに歩いてくる。

「神島さーん、ロッシュさーん」

二人の姿を認めた仁悟が、サングラスの奥の赤い瞳を以前よりも穏やかに輝かせながら向かうと、依吹たちはそれを笑顔で迎える。

サジュエルはそんな光景をしばらく見守り、そして思った。

（……見ているか、ライザス。僕は遠い未来に勇者はいないだろうと思っていた。だからこそ魔法の眠りで時を越え、この時代にやってきたのだ。だがそれはどうやら杞憂に過ぎなかったようだ。どんな時代でも――剣と魔法が、銃と機械に取って代わられたこの時代ですら、かつての君らと同じく信念を持った者たちがいた。年齢も種族も境遇も異なる彼らが、しかし全員正しく同じ未来を目指して進んでいるのだ。もし僕が別の時代に目覚めていたとしても、あるいは目覚めなかったとしても、そんなことは問題ではなかった。世界には常に彼らのような者が存在し、そして世界を守ってゆく――。僕の理解は間違っていた）

サジュエルは晴れやかな顔で空を仰いだ。彼は信じることにしたのだった。今は薄暗い灰色のあの雲の向こうに、力強く暖かな光があるのだと。

そして願わくは、そこへ辿り着く道を切り拓くのが自分ではなく、この時代に産まれ生きる彼らのような者たちであれと祈った。

「……困ったものだな。用が済めばまた眠りにつこうかと思っていたのに、どうにも僕は彼らを、この時代を好きになってしまいそうだ」

そんな独り言を呟いてサジュエルがその場に立ち止まったままでいると、仁悟が振り返って声を上げた。

「おい、なにやってるロッシュ。早く来いよ」

彼は近くに止めてあったグラニのところに行って、サイドカーの中にあったヘルメットをサジュエルに投げ渡す。それを受け取ったサジュエルが目を丸くしていると、

「乗っていくだろ？」と仁悟が口角を上げて白い牙を見せる。

するとサジュエルは呆れたような顔で大袈裟に首を振ってみせた。

「当たり前だろう？　主人を置いていく御者がどこにいるというのだ。それにグラニは僕がいなければ動かないのだ。馬鹿なのか、君は」

「うるせえ、馬鹿はお前だ。何度も言わせるな。俺は御者じゃないし、お前は俺の主人でもないんだよ」

「だったら君は僕の何だというのだ？」

サジュエルが仁悟の横に乗り込みながら尋ねると、グラニに跨がった仁悟は軽くアクセルを吹かしながら背中越しに答えた。

「相棒っていうんだよ。まあ相性は最高に最悪ってるけどな」

それを聞いたサジュエルはサイドカーの縁に頬杖をついたまま、その端整な横顔に満足そうな笑みを浮かべていた。

本書は第8回角川文庫キャラクター小説大賞〈優秀賞〉を受賞した作品を改稿・改題し、文庫化したものです。

この作品はフィクションであり、実在の人物・団体等とは一切関係ありません。

警視庁魔獣対策室（けいしちょうまじゅうたいさくしつ）

狼刑事と目覚めの賢者（おおかみけいじとめざめのけんじゃ）

ヨシビロコウ

令和5年 5月25日 初版発行

発行者●山下直久

発行●株式会社KADOKAWA
〒102-8177 東京都千代田区富士見2-13-3
電話 0570-002-301（ナビダイヤル）

角川文庫 23666

印刷所●株式会社暁印刷
製本所●本間製本株式会社

表紙画●和田三造

●お問い合わせ
https://www.kadokawa.co.jp/（「お問い合わせ」へお進みください）
※内容によっては、お答えできない場合があります。
※サポートは日本国内のみとさせていただきます。
※Japanese text only

ISBN 978-4-04-113596-9 C0193

◇◇◇

角川文庫発刊に際して

角　川　源　義

第二次世界大戦の敗北は、軍事力の敗北であった以上に、私たちの若い文化力の敗退であった。私たちの文化が戦争に対して如何に無力であり、単なるあだ花に過ぎなかったかを、私たちは身を以て体験し痛感した。西洋近代文化の摂取にとって、明治以後八十年の歳月は決して短かすぎたとは言えない。にもかかわらず、近代文化の伝統を確立し、自由な批判と柔軟な良識に富む文化層として自らを形成することに私たちは失敗して来た。そしてこれは、各層への文化の普及滲透を任務とする出版人の責任でもあった。

一九四五年以来、私たちは再び振出しに戻り、第一歩から踏み出すことを余儀なくされた。これは大きな不幸ではあるが、反面、これまでの混沌・未熟・歪曲の中にあった我が国の文化に秩序と確たる基礎を齎らすためには絶好の機会でもある。角川書店は、このような祖国の文化的危機にあたり、微力をも顧みず再建の礎石たるべき抱負と決意とをもって出発したが、ここに創立以来の念願を果すべく角川文庫を発刊する。これまで刊行されたあらゆる全集叢書文庫類の長所と短所とを検討し、古今東西の不朽の典籍を、良心的編集のもとに、廉価に、そして書架にふさわしい美本として、多くのひとびとに提供しようとする。しかし私たちは徒らに百科全書的な知識のジレッタントを作ることを目的とせず、あくまで祖国の文化に秩序と再建への道を示し、この文庫を角川書店の栄ある事業として、今後永久に継続発展せしめ、学芸と教養との殿堂として大成せんことを期したい。多くの読書子の愛情ある忠言と支持とによって、この希望と抱負とを完遂せしめられんことを願う。

一九四九年五月三日

ISBN 978-4-04-112868-8